Regina Nössler & Corinna Waffender, Liebe *hoch drei*

Regina Nössler & Corinna Waffender

Liebe *hoch drei*

Roman

konkursbuch
VERLAG CLAUDIA GEHRKE

Die Handlung dieses Romans ist frei erfunden. Etwaige Ähnlichkeiten mit realen Personen oder Ereignissen wären rein zufälliger Natur und sind nicht beabsichtigt.

Personen

Stefanie Krause, Politikerin

Viola Weinheimer, Pianistin

Petra Bartels, Kellnerin

Sicher, im Großen und Ganzen geht es mir gut. Ich kann mich nicht beklagen. Ich führe ein gutes Leben, privilegierter als so manche andere, dafür schäme ich mich manchmal sogar. Aber was noch viel besser ist: Ich bin wichtig. Jeder ist gern wichtig, scheint ein Lebenselixier zu sein. So eine Art Droge. Ich bin es aber wirklich. Ohne mich läuft bis Sonntag gar nichts mehr, gerät alles aus dem Ruder.

Ich müsste glücklich sein. Bin ich glücklich? Was heißt das schon – glücklich? Ich weiß gar nicht, was in letzter Zeit mit mir los ist, warum ich manchmal so unzufrieden bin. Sind das vielleicht die Hormone? Als Viola damals so unausstehlich war, stellte sich ja auch heraus, dass es an der Schilddrüse lag.

Viola. Sie klimpert schon den ganzen Abend auf dem Flügel herum. Ich hatte eigentlich gedacht, bei zwei Etagen hört man es nicht so deutlich, aber die Töne steigen unweigerlich nach oben, wie warme Luft. Wenn Viola wüsste, dass ich ihr Klavierspiel insgeheim „klimpern" nenne, würde sie mich umbringen! Nein, Unsinn, Viola würde mich natürlich nicht umbringen. Dazu ist sie ja viel zu vornehm. Zu etepetete. Stört mich neuerdings mehr als sonst.

Ganz schön heftig, wie der Wind über das Dach fegt. Wird immer schlimmer, bald haben auch wir hier Tornados, sie sind ja schon da. Aber bis das mal jemand versteht in diesem Land! Solange

die Sturmflut nicht den Reichstag überschwemmt, rührt in Berlin doch keiner den Finger. Außer zum Klavierspielen vielleicht.
Stört mich das Geklimper? Stört mich am Ende meine eigene Freundin? Nein. Das gehört in einer Beziehung dazu. Dass man sich manchmal erdrückt fühlt von der Nähe der anderen. Beschwere mich ja gar nicht. Das ist normal. Und gut. Viola tut mir gut. Sie ist genau richtig für mich. Ich brauche sie. Wir gehören zusammen. Und das Geklimper höre ich ja eigentlich ganz gern. Meistens jedenfalls. Vielleicht nicht gerade vor dem Einschlafen, wenn ich noch ein paar Seiten lesen möchte. Kann mich aber heute sowieso nicht auf die Handlung konzentrieren. Bin unruhig. Wenn ich nur wüsste, woher diese Unzufriedenheit in mir kommt.

Vogelgezwitscher. Früher mochte ich es, wenn ich die Vögel am Morgen singen hörte. Früher konnte ich wieder einschlafen, nachdem sie mich geweckt hatten. Lag nicht ab fünf Uhr morgens hellwach im Bett und kämpfte gegen die Traurigkeit.
Ich weiß gar nicht recht, warum ich traurig bin. Vielleicht bin ich doch enttäuscht? Hat mich die Absage viel mehr gekränkt, als ich mir eingestehen will? Bin ich in meiner Musikerinnenehre getroffen? Und wenn es geklappt hätte: Was wäre aus Stefanie und mir geworden? Eine Wochenendbeziehung. Nur der Berufung wegen? Wäre es mir das wert

gewesen? Aber vielleicht hätten wir uns dann öfter gesehen, als wir es hier tun, in dieser riesigen Wohnung, in der wir uns aus dem Weg gehen. Nein, eigentlich gehen wir uns nicht aus dem Weg, wir treffen uns bloß nicht. Jede hält sich in ihren Räumen auf. Sie grenzen aneinander, aber sie gehen nicht ineinander über. Wir leben nebeneinander her. So wie wir jetzt im Bett nebeneinanderliegen. Ihr Rücken ist eine Wand, die mich von ihr trennt. Manchmal spüre ich ein verschüttetes Verlangen, ein Bedürfnis, mit den Fingerspitzen über ihre Haut zu streichen, und wenn ich die Augen schließe, kann ich mir vorstellen, wie sich ihr Nacken anfühlt. Doch die Möglichkeit, sie könnte sich umdrehen, hält mich davon ab. Ich würde nicht wollen, dass Stefanie sich umdreht. Sie sollte liegen bleiben, nur im Schlaf spüren, dass ich sie berühre.
Es wird schon hell im Zimmer, das Morgengrauen legt sich über das Bett. Morgengrauen. Das Grauen am Morgen. Wie doppeldeutig! Früher hatten die Bauern Angst vor dem Schlaf. Sie dachten, wenn sie sich hinlegen, sterben sie. Deshalb schliefen sie mit angezogenen Beinen, im Sitzen. Woher weiß ich das? Habe ich das gelesen? Stimmt es wirklich? Oder ist es nur ein Mythos? Wie das Märchen vom hohen Eisengehalt im Spinat? Eigenartig, was man sich alles merkt und worüber man nachdenkt, wenn man wach liegt.
Ich sollte aufstehen, Tee kochen und die Zeitung lesen. Aber ich möchte Stefanie nicht wecken. Sie braucht so dringend ihren Schlaf, sie hat es gerade nicht leicht. Den ganzen Tag und die halbe Nacht

unterwegs, pausenlos im Gespräch, dauernd im Rampenlicht. Sie hat Ruhe bitter nötig. Wenn die Wahl zu Ende ist, lade ich sie zu einem Kurzurlaub ein. Ein paar Tage Auszeit sollten sich schon einrichten lassen. Eine schöne Insel, ein ausgesuchtes Hotel, diskreter Service, damit sie richtig ausspannen kann. Der Erfolg kostet Kraft, hat auch seine Schattenseiten und ich will ihr so gerne Sonne sein. Sie wärmen. Eine echte Partnerin. Sie merkt es nicht, wenn ich an sie heranrücke. Aber in ihren Träumen wird sie es fühlen. Dass ich für sie da bin.

Persönliches Pech, dass Babsi immer so früh wach wird. Nervig. Wach ich jedes Mal mit auf. War bei Manu genauso. Wieso muss ich immer an so Frühaufsteherinnen hängen bleiben? Manu gestern in der *Mutter* war echt die Härte. Bin aber cool geblieben. Wenigstens äußerlich. Innerlich der Herzkasper. Marschiert die einfach in die Kneipe, als wär nie was gewesen. Sah auch noch gut aus. Wahrscheinlich frisch von Mykonos. Hat ja genug Schotter, um dreimal im Jahr die Farbe zu wechseln. Lehrerin! Mehr Ferien als sonst was. Und das auf meine Steuergelder! Aber war schon geil, damals mit ihr auf Ibiza. Alles umsonst und nachts ging die Post ab. Wenn ich nichts mit Babsi angefangen hätte, wär ich jetzt auch so braun. Manu hat natürlich extra weißes Hemd und Hose angezogen. Damit auch jeder sieht, dass sie in der Sonne war. Und an der Hand die Neue. Höchstens achtzehn. Hätte am liebsten gefragt: Haste die aus der Schule mitgebracht? Den Gefallen wollt ich ihr aber nicht tun. Mir doch egal, mit wem die rummacht. Mit Manu bin ich fertig. Mich schmeißt man nur einmal raus.

Und alles nur wegen dem bisschen Knutschen mit Babsi auf der Fete. Konnte ich wissen, dass Manu doch noch kommt? Erst einen auf beschäftigt machen und keine Lust und mir dann hinterherspionieren. „Hab ich's mir doch gedacht!", und dann hatte sie Babsi auch schon fast eine geknallt. Und auf mich eingedroschen. Wie 'ne Blöde. Gedacht! Daran hatte ich nicht mal selbst gedacht! Besoffen war ich und sauer, weil Manu mich hängen gelassen hat. Bloß weil Krater-Helga mal wieder da war.

„Sag nicht immer Krater-Helga zu ihr", hat Manu gesagt und ich hab gesagt: „Soll ich denn deine Ex zu der sagen, wo doch mit Ex gar nichts ist, wo die doch dauernd hier rumspringt und am Telefon hängt?"

„Wir unterhalten uns eben gerne."

Unterhalten! Ausgerechnet am dritten Samstag im Monat, dem einzigen Tag, wo in Braunschweig was los ist! Dämliches Studiertengequatsche. Die glotzt mich sowieso immer an wie 'n Weltwunder. Als hätte ich die Pest. Dabei hat die doch die Beulen im Gesicht. Darf man aber nichts sagen, kriegt man gleich Ärger. Sensibelchen. Sieht doch eh jeder, sieht doch aus wie 'n Schlachtfeld.

Gestern war Krater-Helga aber nicht angesagt. Da hatte Manu ja die Kleine dabei. Eklig, wie die an ihr dranhing. Kuhaugengeglotze. Und Manu einen auf Macho gemacht. „Ein Bier und für meine Begleitung ein Glas Prosecco.“ Am liebsten hätt ich ihr den Korken in die Fresse geschossen. Aber die Flasche war schon auf und das geht ja auch nur mit Sekt. Außerdem beherrscht man sich ja. Bin Profi. Allerdings hab ich Su einen Fünfer gezahlt, dass sie die Kleine anrempelt und bekleckert. Rotwein auf das helle Blüschen. „Oh, das tut mir aber leid!“ Und Manu hat gekocht. Hat sich aber trotzdem noch mal umgedreht beim Rausgehen. Ich hab nicht reagiert. Wär ja noch schöner. Aber ab morgen geh ich ins Solarium.

Samstagsveranstaltungen sind die schlimmsten. Und wenn sie dann noch in Hinterzimmern stattfinden, geradezu unerträglich! Verstehe auch überhaupt nicht, wozu das gut sein soll. Zu unseren potenziellen Wählerinnen und Wählern spricht man sowieso besser tagsüber. Das wollen unsere PR-Leute einfach nicht verstehen. Eine Woche vor der Wahl überzeugt man doch niemanden mehr. Da ist höchstens noch was bei den Wechselwählern zu holen. Samstags morgens auf dem Markt. Vor *Karstadt* in der Fußgängerzone. Aber doch nicht in Braunschweig in einer alternativen Kneipe! Da wählen uns doch sowieso alle und kommen bloß, um zu nörgeln.
Viola ruft. Sie will bestimmt wissen, welche Bluse sie bügeln soll. Die grüne? Nein, die brauche ich für Hannover, fürs Fernsehen. Heute Abend ist es

eigentlich egal, wie ich aussehe: Wenn ich elegant komme, werden sie finden, ich sei inzwischen zu spießig und angepasst, wenn ich locker bin, heißt es, ich hätte mich noch nicht vom Hippie-Image verabschiedet. Wie man's macht, macht man's verkehrt, hat Oma immer gesagt. Hätte ich mal auf sie gehört und wäre Pfarrerin geworden! Jeden Sonntag Stammpublikum, ein Eigenheim auf Gemeindekosten und Viola meine Hausangestellte. Würde keinem Menschen auffallen und wenn doch, wäre man inzwischen tolerant und clever genug, die lesbische Quotengottestochter auf dem evangelischen Kirchentag auszuschlachten. Und mehr bewegen von der Kanzel herab könnte ich auch. Die Leute reagieren doch immer nur auf Druck. Gott, würde ich ihnen erklären, ist für Mülltrennung und gegen Atomspaltung und die Guten kommen ins Himmelreich. Wäre bestimmt einfacher, als den bequemen Sturköpfen von rechts und links, die nur an ihr Portemonnaie denken, Sinn und Zweck erneuerbarer Energien klarzumachen. Den nicht mal alle in der Partei kapieren! Beschwert sich doch Kornmüller neulich darüber, dass man seinem Sohn die Kohleöfen rausreißt, um Heizung einzubauen, wo das bislang so schön billig gewesen wäre!
Jetzt ist Viola eingeschnappt. Weil ich mich nicht bedanke. Wieso soll ich mich für etwas bedanken, was sie tut, seit wir uns kennen? Wenn ich mich früher bedankt habe, hat sie gesagt: „Keine Ursache, Liebes, das mache ich doch gerne."
Macht sie es nicht mehr gerne? Dann soll sie es einfach lassen. Dann bringe ich es eben in die Reinigung.

Da gibt es eine umweltverträgliche gleich um die Ecke. Muss ich wenigstens kein schlechtes Gewissen haben. Nicht wegen chemischer Zusätze und auch nicht wegen Ausbeutung der Lebensgefährtin. Wird Zeit, dass Sonntag ist. Wahltag. Noch eine Woche in dem Rhythmus schaffe ich nicht. Mein Nervenkostüm ist überstrapaziert.

Vier Blusen gebügelt und nicht ein einziges Lächeln geerntet. Ich mache das ja alles wirklich gerne und ich weiß ja auch, dass Stefanie mit ihren Gedanken im Augenblick ganz woanders ist – aber dennoch, ein bisschen Anerkennung brauche auch ich.
Es hat schon seine Gründe, weshalb ich Irina nicht an ihre Wäsche lasse: Sie bügelt nicht perfekt. Katastrophal bei den Leinenanzügen und Blusen mit weitem Kragen. Das muss einfach auch nach ein paar Stunden noch sitzen. Stefanie findet es nicht so schlimm, wenn der Stoff zerknittert ist. „Leinen ist doch sowieso zerknittert", sagt sie. Früher hat sie überhaupt nicht gebügelt! Wenn es nach mir ginge, ließe sie ja auch die Seidentücher weg. Ihr Erkennungszeichen, wie sie sagt. Daran würde ich nicht erkannt werden wollen.
Dabei kann sich ihr Dekolleté sehen lassen, etwas Schmuck stünde ihr so gut! Zum Beispiel die teure Kette mit dem handgefertigten goldenen Anhänger, den ich ihr letztes Jahr zu Weihnachten geschenkt habe. Man sieht überhaupt nicht, wenn sie es trägt.

Aber von den Tüchern ist sie einfach nicht abzubringen. Eine gewisse Eleganz geht ihr eben ab. Aber dafür kann sie ja nichts. Ich liebe sie auch so. Auch wenn sie gar nicht bemerkt, was ich alles für sie tue. Wir sind ja auch die lebende Routine. Ein eingespieltes Team. Drinnen und draußen. Stefanie steht im Mittelpunkt und ich halte mich dezent zurück. Immer abrufbereit, stets im Hintergrund.
Wenn ich die Stelle bekommen hätte, wäre das schwierig geworden. Als Leiterin einer Musikschule hätte ich alle Hände voll zu tun gehabt. Wer hätte sich dann um Stefanie gekümmert? Irina? Ausgeschlossen. Sie kann ja nicht einmal Hühnerbrühe kochen! Außerdem bin ich mir immer noch nicht sicher, ob man sie allein im Haus lassen kann. Gott sei Dank habe ich Stefanie nichts von meiner Bewerbung erzählt. Dabei war ich so sicher. Günther hatte mir so große Hoffnungen gemacht! Genau das Richtige sei das für mich, eine echte Herausforderung. Wieso hat er mich bloß ermuntert? Hat er nur so getan, als sähe es gut aus für mich? Späte Rache, weil ich damals nichts von ihm wissen wollte?
Vielleicht ist es auch besser so. Stefanie wäre bestimmt nicht begeistert gewesen, wenn ich mich mehr der Musik gewidmet hätte. Sie findet ja jetzt schon, dass ich zu viele Konzerte gebe. Dabei sind es weniger denn je! Sie kann einfach nicht verstehen, dass man etwas Sinnvolles tun möchte, auch wenn man es finanziell nicht nötig hat. Dass man gerade dann eine Verantwortung hat, etwas aus sich zu machen, wenn man wohlhabend ist. Sein Wissen

weitergeben möchte. Aber es wäre nicht einfach für sie geworden. Stefanie kommt nicht gut ohne mich zurecht. Ohne mich an ihrer Seite wäre sie heute nicht da, wo sie ist.

Peil ich nicht. Wieso hab ich schon wieder die ganze Wochenendschicht? Su dreht was am Plan, hundertpro. Seit die ihren neuen Macker hat, ist die nur noch unterleibsgesteuert. Passt mir gar nicht. Wollte doch morgen Abend die Fuhre machen. Geht nur diese Woche, weil Babsi zu ihrer Mutter fährt. Wenn die das mitkriegt, flippt die aus. Brauch aber unbedingt die Kohle. Ist ja auch nur halb so wild. Paar Kisten einladen, bei drei Kumpels rumfahren, fertig. Kriegt keine Sau mit. Und wenn mich einer fragt: Hab ich gefunden. Ist vom Laster gefallen. Pro Handy gibt's 'nen Zehner. Hundert pro Kiste, macht bei der Fuhre dreihundert. Geht nur morgen oder erst in vier Wochen wieder. Muss aber die Muckibude bezahlen. Soll ich Babsi anpumpen? Geht nicht. Die kriegt ja noch was für die Miete. Muss mit Su reden.
Zu viel gezockt den Monat. Paar Filme zu viel. Babsi groß zum Italiener eingeladen. Mit allem Pipapo. War ja auch ihr Geburtstag. Und der Brilli kam auch gut. Aber nur mit der Kohle von der *Mutter* ist so was nicht zu machen. Brauch noch 'n Job. Renovieren oder so. Muss mal mit Angie reden. Vielleicht was ausfahren. Was Normales wär mir lieber. Hehlerei ist eigentlich nicht mein Ding. Auch wenn's nur die

Fuhren sind. Hab ich immer Schiss, dass mich die Bullen mal erwischen. Bei den Typen weiß man nie. Die lassen einen eh hängen, wenn's drauf ankommt. Und für die paar Kröten in den Knast?
Vielleicht ganz gut, dass ich morgen in die *Mutter* muss. Eigentlich hab ich's sowieso ganz gut. Morgens frei, mittags Muckibude, bisschen pennen, um sechs in die *Mutter*, am Wochenende früher. Bisschen rumstehen, richtig los geht's erst um sieben, zapfen, einschenken, kassieren, bisschen reden, Bierchen zischen und ab nach Hause zu Babsi. Die stellt immer was zu essen in die Küche und wacht brav auf, wenn ich ins Bett komm. Ist nie zu müde. Kann immer. Alles paletti.
Nur mehr Kohle wär gut. So 'n paar Hunderter extra für Klamotten und mal Malle. Pauschal mit Buffet morgens und abends und den Rest vom Tag feist auf der Liege am Pool.
Erben wär geil. Aber bei meinem Alten ist nichts mehr zu holen. Bis der von der Schippe springt, hat er noch die Butter vom Brot versoffen. Arme Sau. Hat er nicht gepackt, dass Mutti weggestorben ist. Hat noch gedacht, die wird wieder gesund, als die schon gar nicht mehr wusste, wer er war. Hat sie den ganzen Tag belabert. Was ist, wenn sie wieder aus dem Krankenhaus kommt. Schon da den Flachmann in der Jacke. Und sie voll breit. Morphium von morgens bis abends. Aber mich hat sie erkannt, bis zum Schluss. Petramaus, hat sie gesagt, das hab ich genau gehört. Und gelächelt hat sie dabei. Mir die Hand gedrückt. Und ich hab zurückgedrückt. Und dann war sie tot.

Seit wann hat sich das eigentlich eingespielt, dass Viola mich überallhin begleitet? Oder war das schon immer so? Wann müssen wir überhaupt los?

Es ist ja noch früh. Ich bin nervös. Ich bin vor jeder Veranstaltung nervös, obwohl ich es jetzt doch schon jahrelang mache. Würde wahrscheinlich kein Mensch drauf kommen, wie nervös ich bin. Viola sagt, dass ich es fast immer gut mache, professionell. Viola ist die Einzige, die weiß, wie aufgeregt ich bin. War ich schon immer, schon damals an der Uni. Vor Leuten reden – schrecklich! Egal worüber.

Waren das noch Zeiten, als ich dachte, aus mir würde mal die große Wissenschaftlerin. Was war ich stolz auf meinen Titel: Frau Doktor! Da dachte ich noch, mir stehen alle Möglichkeiten offen. Nach der Assistelle war dann Schluss. Schade, war eigentlich eine schöne Zeit. Irgendwie so ruhig. Obwohl es in meiner Vorstellung immer regnet, wenn ich daran denke. Schöner, langer Regen. Werde ich rührselig? Wieso denke ich ausgerechnet jetzt an damals? Sollte mich lieber auf heute Abend vorbereiten. Aber das kann ich auch auf der Fahrt nach Braunschweig machen. Eineinhalb Stunden sollten reichen.

Schön war das damals nicht, das Ende meiner Unikarriere. Eine Absage nach der anderen. Viola hat mich zwar getröstet, aber richtig verstanden hat sie es nicht. Panik. Zukunftsangst. Das kennt sie doch gar nicht. „Es gibt doch mich“, hat sie gesagt.

Viola kann sich einfach nicht vorstellen, wie es ist, wenn die Stelle ausläuft, kein Geld zu haben, dauernd im Minus zu sein.

„Aber die Miete, Liebes, die übernehme ich ab jetzt alleine.“ Darum ging es doch gar nicht, darum ging es nie. Ist jetzt sowieso egal, seit Viola das Dachgeschoss gekauft hat. Jetzt ist alles auch schon eine Weile her. Jetzt geht es mir gut. Ich bin schon lange über den Berg. Aber so eine Zeit vergisst man nie.

Hätte nie gedacht, dass ich mal Politikerin werde. Dabei ging es ganz einfach. Die Kandidatur war doch nur eine Notlösung. Klar hatte ich Erfahrung aus der Uni, klar wollte ich ein Amt. Und dann war ich schon gewählt. Der Rest ist einfach passiert. Plötzlich war wieder alles möglich. Mein Gesicht auf Wahlplakaten. Meine Meinung in der Zeitung. Meine Meinung? Na ja, die der Partei. Die in den Grundfragen schon auch meine ist. Die Klimakatastrophe, der Raubbau an unserem Planeten, die Armut in der Welt, die Folgen der Globalisierung, die Ungerechtigkeit – gegen all das anzugehen ist doch wirklich wichtiger, als ein paar desinteressierten Studenten die Grundbegriffe der Politik beizubringen. Praxis statt Theorie. Viel wichtiger. Doch, doch. Das war schon die richtige Entscheidung.

Warum meckert Viola jetzt eigentlich schon wieder über Irina? Die vierte Putzfrau in zwei Jahren. Ich kann mir ja die Namen fast nicht merken, so schnell wechseln sie. Irgendwas passt Viola immer nicht, ich mische mich da nicht mehr ein. Das ist

Violas Terrain. Natürlich sind alle immer ordentlich gemeldet. Eigentlich lächerlich bei den paar Euro. Aber als Bundestagsabgeordnete kann ich mir das nicht leisten: Putzfrau schwarz beschäftigen. Wenn so etwas rauskommt! Die Schlagzeilen kann man sich ja vorstellen. Dann ist man ganz schnell weg vom Fenster, schneller, als man denkt. Und heutzutage kommt alles raus, früher oder später. Ich finde Irina eigentlich ganz in Ordnung. Nett. Höflich. Zurückhaltend. Ich glaube, sie weiß gar nicht, wer ich bin. Eigentlich sehr angenehm. Sie redet nicht viel. Aber die Wohnung ist immer wie geleckt, wenn sie da war. Bis vor Kurzem hat sie auch noch gebügelt. Viola war aber unzufrieden und hat sich deswegen mit ihr gestritten. Seitdem bügelt Irina nicht mehr. Wenn Viola das unbedingt selbst machen will, weil sie meint, es besser zu können – bitteschön, ich halte sie nicht davon ab. Mir fällt der Unterschied nicht auf. Ich bin ja auch nicht die Bundeskanzlerin, über deren Bügelfalten sich die Nation austauscht. Bei mir geht es nicht um die Form, bei mir geht es um Inhalte.

Vielleicht sollte Stefanie noch etwas essen, bevor wir zum Bahnhof fahren. Es darf aber auf keinen Fall zu schwer im Magen liegen, das ist nicht gut, wenn sie abends eine Veranstaltung hat. Etwas Leichtes. Italienisch? Natürlich ohne Knoblauch, sie muss mit so vielen Leuten reden. Simpel, aber raffiniert. Entspricht

mir sehr, obwohl ich ja gerade dabei bin, das Thailändische zu entdecken.
Hoffentlich müssen wir nicht wieder mit den Parteifreunden essen gehen. Mir macht das ja nichts, aber an Stefanie beobachte ich doch schon seit einer Weile, dass ihr dieses späte Abendessen nicht guttut. Sie hat merklich zugelegt. Kein Wunder: Sie kommt ja jetzt auch in das Alter, wo man aufpassen muss. Ab vierzig darf kein kleiner Bauch mehr entstehen, den hungert man sich nicht einfach wieder weg. Der bleibt. Schon deshalb sollte sie das Bier sein lassen. Überhaupt Bier – allein der Geruch ist unappetitlich. Aber es steht ihr auch nicht gut zu Gesicht. Es hat einfach etwas Primitives. Sie achtet doch sonst auf ihre Erscheinung. Aber Stefanie hat nie den richtigen Sinn für gute Weine entwickelt, dabei kostet das, was ich ihr manchmal kredenze, Unsummen. Ich habe es inzwischen auch fast aufgegeben. Wenn sie es sowieso nicht schmeckt, warum soll ich dann dreißig Euro für eine Flasche Rotwein bezahlen? Das sehe ich gar nicht ein. Dazu müsste ich vielleicht eher Gudrun einladen, sie weiß das zu schätzen.
Gudrun habe ich auch schon so lange nicht mehr gesehen, ich komme zu nichts mehr. Ich vermisse sie richtig. Die Abende mit ihr auf der Terrasse, ein Glas Prosecco, die wunderbaren Delikatessen, die sie von dem italienischen Feinkostladen mitbringt, ein anspruchsvolles Gespräch über Kultur, ein paar Stunden mit ihr sind einfach ein Genuss. Danach denke ich immer, wir sollten uns wieder öfter sehen.

Aber jetzt im Wahlkampf dreht sich alles nur um Stefanie. Es ist so selten geworden, dass wir noch Zeit für uns haben, und wenn, dann ist es nicht mehr so wie früher.
So wie neulich abends. Kein Termin, kein Konzert, kein Besuch, gar nichts. Ich kochte für uns, gemütlich und voller Lust – ja, Lust, mir macht es immer noch Freude, für uns zu kochen –, und sagte: „In die Soße gehört noch ein ordentlicher Schuss Rotwein, kümmerst du dich darum, Liebes?"
Da öffnet Stefanie doch tatsächlich eine der Flaschen des sündhaft teuren Bordeaux und kippt ihn in die Pfanne! Früher hätte sie das nie getan. Früher hätte sie mich gefragt, welchen Wein sie öffnen soll. Sie weiß ja, dass sie die eine von der anderen Flasche nicht unterscheiden kann. Heute habe ich manchmal das Gefühl, sie hat sich so sehr an unseren Lebensstandard gewöhnt, dass sie den Wert der Dinge überhaupt nicht mehr richtig einschätzen kann. Oder es ist ihr einfach egal, was sie kosten. Solange ich sie bezahle.

Perfekt: Fuhre abgesagt, Jungs sauer. Die können mich mal. Angie hat vielleicht übernächste Woche was für mich. Irgendeinen Umzug, Laster fahren. Braunschweig-Hannover, dreimal. Hundert auf die Kralle. Nicht viel, aber sauber. Die Tussi da drüben im Gymnastikraum glotzt einfach zu blöd. Die sehen in ihren Turnhöschen immer so aus, als kriegen sie seit

Wochen nichts mehr zwischen die Kiemen. Wie die Typen so was sexy finden können – kapier ich nicht! Ich steh auf rund. Also nicht fett, aber eben Fleisch. So Haut und Knochen ist doch ungeil. So wie Babsi ist genau richtig. Bisschen kleiner als ich, bisschen moppelig, was zum Anfassen. Sonst mach ich die ja platt. Obwohl Manu besser war. Voll die Muskeln. Der Hammer.
Jetzt fangen sie an zu hoppeln! Und eins und zwei. Die vorne sieht gut aus. Ist 'ne Südländerin. Geil braun. Die braucht kein Solarium. Aber ich geh da heute mal drunter. Für alle Fälle, wenn Manu noch mal in die *Mutter* kommt. Der Bizeps kommt jetzt schon viel besser. Muss noch mehr mit Gewichten machen. Auf der Drückbank. Brauch ich aber eine, die mir das Ding hält. Und die da hinterm Tresen sieht mir nicht gerade aus, als könnte sie auch nur zehn Kilo stemmen. Überhaupt die ganzen Weiber morgens hier. Neuerdings bringen die auch noch ihre Bälger mit. Ist das hier ein Kindergarten oder ein Fitnessstudio?
Fing doch Babsi gestern wieder mit der Babynummer an! Sie hätte so gern eins und man könnte doch. Den Zahn hab ich ihr gleich gezogen. Mit mir nicht. Seh ich so aus, als würd ich 'nen Kinderwagen durch Braunschweig schieben? *Pampers* kaufen? Will nur mal wissen, was die alle mit Kindern wollen. Schreien jahrelang, nerven, nörgeln, kosten Geld und machen Ärger. Weiß ich doch von mir selbst. Ich hab meinen Alten nur Ärger gemacht. Hab mich dauernd geprügelt, in der Schule hab ich nur Mist gebaut und später bin ich einfach abgehauen.

Die hatten sich auch was anderes unter ihrer Petramaus vorgestellt. Und als sie gemerkt haben, dass ich andersrum bin, war auch der Traum von den Enkeln ausgeträumt. Steckst du doch nicht drin, was aus Kindern wird. Wenn die ganz anders sind als du.

„Stell dir mal vor“, hab ich zu Babsi gesagt, „du kriegst so ’ne Tussi! Eine, die immer Kleidchen anziehen will, mit Puppen spielt und so empfindlich ist. Oder strunzblöd! Nicht bis drei zählen kann.“

„Das liegt doch an uns“, hat Babsi gesagt.

„An uns? Spinnst du? Vergiss es.“ Und außerdem glaub ich das nicht. Den ganzen Erziehungsquatsch. Haben meine Alten auch versucht. Aber ich bin schon mit fünf auf schnelle Autos abgefahren. Hab den Opel vom Nachbarn angelassen und gegen die Wand gefahren. Und mit sechs hab ich mich in Sigrid verknallt. Die war voll süß. Sommersprossen und bisschen moppelig. Da stand ich schon immer drauf.

Da war nichts zu machen. Von wegen Erziehung. Ich war schon immer so.

Schon wieder Taxi fahren. Immer will Viola Taxi fahren. Dabei hätten wir einfach die S-Bahn nehmen können wie alle anderen Leute auch. Es hätte nicht einmal länger gedauert. Den ganzen Tag rede ich von erneuerbaren Energien und Umweltschutz und dann fahre ich bei jeder Gelegenheit Auto. Ist das nicht unglaubwürdig?

Wann habe ich eigentlich das letzte Mal wirklich gemacht, was ich wollte? Ach ja, kurz nach Weihnachten. Da hatte Viola ein Konzert in München und ich konnte nicht mitkommen, weil ich am selben Abend im Energieausschuss sprechen musste. Ehrlich gesagt war ich gottfroh, dass dieser Kelch an mir vorübergegangen war. Ich kann mit klassischer Musik nichts anfangen. Das weiß Viola natürlich nicht. Sie denkt, es sei nicht gerade meine Lieblingsmusik, aber sie glaubt, ich würde es mögen. Besonders, wenn sie es spielt. Natürlich finde ich es schön, wenn sie spielt, sie ist ja immerhin meine Freundin. Und ich bin auch stolz auf sie. Aber deswegen gefällt mir die Musik trotzdem nicht.
Sie war in München und ich hatte ein freies Wochenende. Der damaligen Irina – wie hieß sie noch? Elvira? Erika? Ich hab's vergessen – habe ich Freitag freigegeben und sie gebeten, dafür Montag ganz früh zu kommen. Sturmfreie Bude! Zuerst habe ich mich eingedeckt mit Tiefkühlkost und dann zwei volle Tage im Bademantel vor dem Fernseher! Ein amerikanischer Spielfilm nach dem anderen, Krimis, und während der Nachrichten habe ich gebadet. Gekleckert, gekrümelt und später leicht angetrunken von dem Rotwein, den Viola gern für besondere Anlässe aufhebt, ins Bett gefallen.
Das Einzige, das mir zum totalen Rausch gefehlt hat, war Sex. Aber nicht Viola. Ich hatte Sehnsucht nach einer fremden Frau. Etwas Wildes, Unbekanntes. Männer gehen dann einfach auf die Straße. Nein, natürlich bin ich gegen Prostitution. Jedenfalls in dieser Form. Aber warum gibt es eigentlich keinen

Callgirl-Service für Frauen? Das wäre genau das Richtige gewesen. Ein Anruf und eine halbe Stunde später eine Fremde, die ich für ihre Liebesdienste bezahlt hätte.
Könnte ich das? Wäre ich nicht viel zu schüchtern? Und wenn es herauskäme! Ein gefundenes Fressen für die Konservativen. Und Viola hätte keinen Funken Verständnis. Wäre tief gekränkt. Aber es wäre aufregend. Wahnsinnig aufregend. So aufregend, dass mir allein bei dem Gedanken daran ganz anders wird. Dass ich es immer noch haben will. Eine Affäre. Eine geheime Affäre mit einer Fremden.
Aber andererseits, vielleicht ist das auch gar nichts für mich. Brauche ich nicht doch Gefühle dabei? Liebe?
Viola gibt dem Taxifahrer schon wieder kein Trinkgeld. Peinlich. Immerhin muss sich der arme Kerl jetzt wieder ganz hinten in der Schlange anstellen. Ich geb ihm was. Hier, ein Euro. Er freut sich. So einfach geht das. Viel einfacher, als eine fremde Frau ins Bett zu kriegen.

Vertrauen ist gut, Kontrolle ist besser. Wieso fällt mir das gerade jetzt ein? Ich möchte mal wissen, was Stefanie schon wieder im Kopf herumgeht. Sie ist in letzter Zeit so verschlossen. Früher hat sie mir immer erzählt, was sie beschäftigt. Jetzt starrt sie aus dem Fenster und ist in ihre Gedanken versunken. Aber ich frage sie nicht.

Wenn sie etwas mit mir teilen möchte, dann soll sie das aus freien Stücken tun.
Ob ich bei der Musikschule noch einmal nachhake? Vielleicht halten sie mich für überqualifiziert? Oder bin ich doch schon zu alt? Würde man mir eine ehrliche Antwort geben?
Andererseits: Niemand soll denken, ich wäre auf Arbeit angewiesen! Wäre ja noch schöner. Meine Beweggründe sind höhere. Ich hätte sogar Privatvermögen in die Bibliothek investiert. Es ist ja eine Schande, wie wenig Geld der Staat für Bildung ausgibt. Gerade, wenn es um die musikalische Ausbildung geht. Vielleicht hätte ich auch eine kleine Stiftung ins Leben rufen können. Stipendien für Kinder aus sozial schwachen Familien. Das wäre ganz im Sinne von Vater gewesen. Ihm lag das Wohl seiner Arbeiter und Angestellten auch immer am Herzen. Seit Wolfgang die Firmenleitung übernommen hat, geht es mit den alten Werten abwärts. Mein Bruder ist eben der moderne Managertyp, Volks- und Betriebswirtschaftsstudium. Ich war schon immer die musisch Begabte, deshalb kam niemand auf die Idee, mich zu fragen, ob ich die Firma weiterführen will, schon gar nicht Mutter.
Warum ist Stefanie so verschlossen? Hat sie eine andere? Wann hätte sie die kennenlernen sollen? Ich war ja immer dabei. Oder geht es schon länger? Hat sie damals, als ich in München war, etwas angefangen? War sie deshalb so fröhlich, als ich zurückkam? Wusste diese Elvira davon? Hat sie deshalb so mitwisserisch gegrinst, als ich mittags wiederkam und die Wohnung noch nicht sauber war?

Nein, ich sehe Gespenster. Stefanie macht keinen verliebten Eindruck. Sie ist gestresst. Kein Wunder. Sie wird an den heutigen Abend denken. Sie muss jetzt alles geben. Jede Stimme zählt. Manchmal frage ich mich, ob sie wirklich in der richtigen Partei ist. Ob eine gemäßigtere, in der sie mehr Anerkennung für ihre Arbeit bekäme, nicht besser für sie wäre. Vielleicht etwas weniger Idealismus und ein Quäntchen mehr Lebenspraxis. Manche Dinge lassen sich eben nicht ändern und auf Dauer ist es doch erfolgversprechender, der Mehrheit anzugehören. Auf der Gewinnerseite zu stehen. Da fällt mir ein, ich muss mir noch das *Handelsblatt* besorgen. Gudrun sagt, es gebe einen Bericht über interessante neue Investmentfonds für saubere Technologien. Damit wäre sicher auch Stefanie einverstanden.

Praktisch, dass Babsi immer einkaufen geht. Ist samstags ja nicht gerade 'n Vergnügen, volle Geschäfte, ewig an der Kasse anstehen, alle schlecht gelaunt. Macht sie aber gern. Voller Kühlschrank ist voll Luxus. Alles da. Was zu essen kann ich immer brauchen, vor der Schicht am besten.
Die Bude könnte ruhig größer sein: 55 Quadratmeter für zwei sind 'n bisschen eng. Aber Babsi hat hier vorher alleine gewohnt. Für eine reicht's auch – Wohnzimmer, Schlafzimmer, Küche, Bad. Musste bei Manu natürlich von heute auf morgen raus. Und wo auf die Schnelle was Neues herkriegen? Babsi hat ganz schön geguckt, als ich vor der Tür

stand. Hab erst nur mal so gefragt, aber die hat sich sofort voll gefreut. Ich dann rein mit meinem ganzen Zeug. Hatte ich natürlich schon dabei, musste ja bei Manu raus. Passt alles ins Auto, brauch ja nicht viel. Und die paar Möbel hab ich dann später noch geholt. Manus Bude war zwar größer, aber bei Babsi ist es gemütlicher. Schnuckelig. Auch wenn sie sich mit ihrem Glastisch immer anstellt, wegen der Fingerabdrücke, „hach, das sieht man alles doch sofort, hach, Schatz, pass doch auf." Total unpraktisch, so'n Esstisch aus Glas. Traut man sich ja gar nicht, was draufzustellen. Aber Babsi findet ihn todschick.

Nein, ich will nicht mehr zurück zu Manu, das ist vorbei, Schluss, aus. Trotzdem: Ob sie heute Abend wieder aufkreuzt? Und wenn schon. Die ist Luft für mich. Geil, Kalbsleberwurst mit diesen teuren Pilzen, wie heißen die noch mal? Trüffel? Die graben doch so fette Schweine aus, hab ich mal in der Glotze gesehen. Samstags geht Babsi immer zum Metzger und kauft voll den Aufschnitt. Fragt vorher immer, was ich will, und das krieg ich dann auch.

Nehm mir noch was mit für unterwegs. Stulle mit Wurst, Gurken und Senf. Doppeldecker mit Butter drunter. Voll fett, aber das trainier ich wieder runter. Muss aufpassen, sonst krieg ich 'ne Wampe. Babsi findet das ja süß. „Dein Bäuchlein!", sagt sie. Könnt ich ausrasten. Muss mehr Bauch trainieren. Klappmesser. Genau. Ich mach jetzt jeden Morgen Klappmesser im Wohnzimmer. Glastisch bisschen wegschieben, Glotze an und Klappmesser. Ab morgen.

Bierchen wär jetzt auch gut. Aber nicht vor der Schicht. Oder vielleicht so ’n kleines Fläschchen? Ich trink ja sonst nichts tagsüber. Jedenfalls nicht bei der Arbeit. Da hinten liegt noch eins. Schön kalt. So zum Brot genau richtig.
Hä? Ist die bescheuert? Alkoholfrei? Hat die ’n Rad ab? Geht das wieder los? „Schatz, du trinkst zu viel!“ Ich glaub, ich spinne! Ist ja wie meine Mutter! Von wegen, Schätzchen, damit kannste gleich mal wieder aufhören. Das haben schon ganz andere probiert. Ich trink so viel, wie ich Bock hab, und wenn nicht hier, dann woanders. Wer bin ich denn?

Sollte professioneller sein. Mich besser im Griff haben. Nicht vor mich hinträumen, sondern an die Veranstaltung denken. Den Abend planen. Nicht an fremde Frauen denken, die nicht auftauchen, die ich noch nicht einmal kenne und die ich vor allem überhaupt nicht brauche. Ich brauche einzig und allein Viola. Und über zwölf Prozent der Stimmen.
Geht Viola überhaupt in die richtige Richtung? Ich trotte einfach hinter ihr her. Ja, wir sind richtig, Gleis vierzehn.
Dieser neue Bahnhof ist doch viel zu gigantisch. Ein Konsumtempel, in dem sich keiner zurechtfindet. Außerdem völlig unökologisch. Wäre ja mal eine Idee gewesen, aus dem Glasdach ein Solardach zu machen. Aber das hätte wahrscheinlich nicht so schick ausgesehen. So etwas kann man vielleicht

in Stockholm durchsetzen, aber nicht in diesem piefigen Berlin!
Natürlich, jetzt ist auch noch die Rolltreppe kaputt, Koffer tragen. Wäre es nur Braunschweig heute Abend, das ginge ja noch. Aber am Sonntag Hannover, am Montag Nordrhein-Westfalen. Puh, mir bleibt die Luft weg. Ich sollte doch mal Sport machen. Wieder mit dem Joggen anfangen. Aber dann müsste ich meine Sportklamotten auch noch mit mir rumschleppen! Und wann denn? Bin froh, wenn ich morgens mal bis acht schlafen kann. Na ja, das Schlimmste ist ja bald vorbei. Ab nächster Woche nur noch Schaulaufen hier in Berlin, Endspurt. Dann sind die Wahlen. Endlich!
Ich habe schon wieder Hunger. Ich werde einfach von diesen Salaten nicht satt. Auch nicht, wenn drei Streifchen Putenbrust darauf liegen.
„Bitte beachten Sie, dass aufgrund einer technischen Störung der Zug heute in umgekehrter Wagenreihung eintrifft. Wir bitten um Ihr Verständnis. Die Wagen der ersten Klasse finden Sie heute abweichend im Abschnitt E und F, die Wagen der zweiten Klasse in den Abschnitten A bis D."
Na toll, Abschnitt F, das ist ganz da hinten, entgegengesetzte Richtung. Wir müssen ans andere Ende. Und das mit dem Gepäck! Rennen alle durcheinander wie aufgescheuchte Hühner. Allerdings ziehen aufgescheuchte Hühner keine Rollköfferchen hinter sich her.
Viola hat es wohl gar nicht mitbekommen. Sie wirkt so gedankenverloren. Will sie mich gar nicht begleiten und traut sich nur nicht, mir das zu sagen? Das

wäre ja furchtbar. Viola kann mir doch alles sagen. Darüber müssen wir reden. Das wäre schrecklich, wenn eine von uns etwas tun würde, was sie im Grunde gar nicht will. Wenn wir gleich im Zug sitzen, werde ich sie fragen. Spätestens heute Abend im Hotel. Ich muss daran denken. Aber ich kann mir ja nicht auch noch dauernd aufschreiben, woran ich in meinem Privatleben denken soll. Mir reichen ja schon die vielen Notizen zwischendurch wegen all der Dinge, die ich nicht vergessen darf! Wenn ich Viola nicht hätte, würde ich sowieso nur an die Hälfte denken. Soll ich ihr vielleicht auch noch sagen, du, erinnere mich doch bitte daran, dass ich dich noch danach fragen muss, ob du mich eigentlich begleiten willst?
Steckt dahinter nicht eigentlich eine ganz andere Frage?

Verflixt, was ist denn los, warum zerrt Stefanie so unsanft an meinem Arm und warum hat sie es plötzlich so eilig?
Wie? Oh! Wir müssen in die andere Richtung, Wagenwechsel. Deshalb laufen alle plötzlich so hektisch hin und her. Jetzt hat mich auch noch einer angerempelt. Entschuldigt sich nicht mal. Willkommen im Land der Unhöflichkeit! Jetzt ist sowieso kein Durchkommen.
Diese Plastikräder sind nicht gut, schlechte Qualität, man sollte einfach immer auf die Qualität achten. Gummirollen. Teurer, aber viel effizienter. Jetzt ist

der Koffer schon wieder zur Seite gekippt. Man sieht ja vollkommen lächerlich aus, wenn man die Dinger nicht unter Kontrolle hat. Geradezu würdelos. Nächste Woche, wenn wir wieder zurück sind, muss ich unbedingt bessere Trolleys kaufen. Vielleicht Alukoffer. Schön leicht, stabil und mit Garantie. Stefanie braucht auch einen neuen, ihrer sieht schon ganz abgewetzt aus. Das macht einen schlechten Eindruck. Selbst in den Mittelklassehotels.

Ich würde ja einen Aufpreis für die nächstbessere Kategorie bezahlen, aber Stefanie möchte das nicht. Findet es versnobt. Das könne sie sich als Abgeordnete, die vom Volk bezahlt würde, nicht leisten. Ich weiß nicht, ob ihr das Volk verübeln würde, ausgeruhter ihre Arbeit zu verrichten. In einem Vier-Sterne-Hotel könnte sie abends in die Sauna, morgens ins Fitnessstudio und das Frühstück wäre besser. Morgen früh liegt auf dem Frühstücksbuffet wahrscheinlich wieder Vorderschinken vom Block neben fettiger Salami und geschmackloser Gouda in Scheiben.

Überhaupt glaube ich allmählich, Stefanie hat ein Essproblem. Sie verschlingt neuerdings Unmengen. Hat auch immer Hunger. Könnten das schon die ersten Anzeichen des Klimakteriums sein? Nein, das ist bestimmt zu früh. Die Psyche? Fühlt sie sich vernachlässigt? Kommt sie zu kurz? Sie ist ja immerhin die Kleinste von drei Kindern. Ich muss das weiter beobachten. Sie nach der Wahl darauf ansprechen. Vielleicht bemerkt sie es selbst gar nicht. Manchmal ist das ja so. Dass einem selbst gar nicht auffällt, wie man sich verhält.

Wieso will sie denn gleich ins Zugrestaurant? Wir können uns den Tee doch in der ersten Klasse an den Platz bringen lassen. Nein, nein, wir gehen erst mal zu unseren Plätzen, sonst werden die hinterher noch freigegeben. Es sind zwar nur anderthalb Stunden bis Braunschweig, aber trotzdem. Ich gehe jetzt in Wagen elf und setze mich hin. Stefanie kann ja nachkommen.

Pause machen, mal relaxen. Könnt mal wieder Billard spielen gehen. Ob der neue Schuppen cool ist? Muss ich mal Angie fragen. Babsi nehm ich nicht mit. Die zählt nur wieder die Biere. Geht mir auf den Sender. Soll sich um ihre Sachen kümmern. So viel Schokolade, wie die frisst. Sag ich da was? Zu den Chips und den Pralinen und dem ganzen Zeug? Ist bestimmt auch nicht gut. Sonst würden ja nicht alle einen auf light machen und so. Und neulich: „Denk an deinen Vater!" Und ich: „Was hat denn mein Alter damit zu tun?"
Ich hätte eine Veranlagung! Da hätt ich ihr am liebsten eine geknallt. Veranlagung! Den Kram hört die bei dem Anwalt, hundertpro. Hat sie von den Tussen, die da rumsitzen und sich die Fingernägel lackieren. Kann das nicht haben, wenn man mir reinredet. Außerdem sauf ich nicht. Hab noch nie gesoffen. Kann mich ja noch beherrschen. Und dann der Scheiß mit der Arbeit. Ob ich mir nicht mal einen anständigen Job suchen will? Ist ihr wohl nicht fein genug, dass ihre Braut hinterm

Tresen steht. Babsi will, dass ich abends mit ihr vor der Glotze hocke, statt in der *Mutter* rumzustehen. Seh ich ja auch irgendwie ein. Würd ja auch manchmal gern abends einfach abhängen. Ist aber nicht so leicht, wie die sich das vorstellt. Mit dem Hauptschulabschluss will mich doch keine Sau. Und was soll ich denn machen außer Fahren? Und wenn die mein Führungszeugnis sehen wollen, brauch ich gar nicht mehr hingehen.

Was will der denn? Was für 'ne Partei? Deine Prospekte kannste behalten. Politik interessiert mich nicht. Die machen doch eh, was sie wollen, die da oben. Sind das die Ökos? Haben ja mächtig aufgefahren, Zelt und alles. Sind bestimmt Berühmte da und labern. Kaffee und Kuchen gratis. Könnt ja meine Stimme verkaufen. Wär geil. Dann würd ich auch hingehen. Tausend Euro und ich wähl die, echt.

Da drüben sitzt ja Babsi! Klar, die nimmt den Kuchen mit. Gnadenlos! Da geh ich jetzt nicht hin. Sonst raste ich wegen dem Bier aus. Erst mal runterkommen. Außerdem hockt die da mit Renate. Auf die kann ich jetzt gar nicht. Die tut immer so betont locker, wenn sie mich sieht. So normal. Damit bloß keiner auf die Idee kommt, sie könnt was komisch finden.

Geh jetzt durch die Passage. Umweg, aber ich hab ja noch Zeit. Babsi seh ich eh später, kommt ja wie immer um acht in die *Mutter*.

So wie Viola will. Immer. Ich würde viel lieber im Zugrestaurant sitzen und gemütlich etwas essen. Aber das versteht sie ja wieder nicht. „Wir haben doch gerade gegessen!“, würde sie sagen und damit andeuten, dass ich verfressen bin. Bin ich auch. Na und? Nein, ich will keinen grünen Tee, ich will einen Kaffee! Einen doppelten Espresso, jawohl! Ja, ja, ich weiß, ich sollte keinen Kaffee trinken, ist mir aber egal. Wer muss denn gleich in der Braunschweiger Innenstadt herumstehen und mit den lieben Bürgerinnen und Bürgern quatschen? Sich dummes Zeug fragen und Vorwürfe über sich ergehen lassen? Als ob ich etwas für den Unsinn könnte, den sie ganz oben verzapfen. Als ob ich immer damit einverstanden wäre! Aber das darf ich auch nicht sagen, dann heißt es wieder, ich zeige keine Geschlossenheit. Viola steht ja nur daneben und wenn es ihr zu bunt wird, geht sie spazieren. So ein Leben hätte ich auch gern. Immer spazieren gehen, wenn mir danach wäre. Kann sich keiner vorstellen, wie oft ich dann spazieren ginge! Ununterbrochen nämlich. Und zwar allein.
Ich muss mich beruhigen, darf mich nicht so aufregen, wegen nichts. Ich bin nervös und wahrscheinlich könnte ich jetzt sowieso nichts essen. Wahrscheinlich habe ich nicht einmal Hunger, sondern nur Appetit. Auf Süßes, auf Fettes, auf Ungesundes. Schnitzel mit Pommes. Aber es ist ja nicht allein Viola – solche Dinge stehen dann womöglich am nächsten Tag in der *BILD*-Zeitung, wenn man sie öffentlich tut, wie früher am Pranger stehen: *Alternative Abgeordnete isst Gammelfleisch mit Genkartoffeln.*

Ob ich mal Violas Hand nehme? Kann Unstimmigkeiten jetzt gar nicht brauchen, macht mich noch nervöser, wenn unterschwellig etwas ist. Eigentlich brauche ich auch keinen doppelten Espresso. Kamillentee wäre besser gewesen. Die Blöße gebe ich mir aber nicht. Den trinke ich später.
Ich nehme jetzt mal ihre Hand.

Van Gogh. Es gibt eine Van-Gogh-Ausstellung in Essen. Wie gut, dass neben der vielen Werbung auch noch kulturelle Angebote in Illustrierten stehen. Das muss ich unbedingt Gudrun erzählen. Stefanie wird wohl kaum mit mir dahingehen. Sie mag keine Impressionisten. Ob ich es ihr trotzdem sage?
Wenigstens hat sie sich wieder angenähert. Manchmal ist sie wie ein bockiges Kind. Klagt über Magenschmerzen und bestellt sich dann einen Espresso, einen doppelten noch dazu! Nur um mich zu ärgern, weil sie genau weiß, dass ich mich um sie sorge.
Aber ich sage nichts. Ich lasse sie gewähren. Auch wenn es mir manchmal schwerfällt zuzusehen, wie sie sich selbst schadet.
Was sitzen hier eigentlich für sonderbare Gestalten? Die erste Klasse ist auch nicht mehr das, was sie mal war. Der ganze Plebs mit den Billigtickets. Schnäppchenjäger. Damit schadet sich die Bahn nur selbst. Aber Stefanie darf in ihrer Position natürlich im Inland nicht fliegen. Unangenehm, all

diese Gerüche. Auch sollte man das Mitbringen von Speisen in der ersten Klasse untersagen. Ebenso von Musikgeräten. Oder das Telefonieren. Sollte mich beim Schaffner beschweren, aber das nützt sowieso nichts, dieses Unternehmen ist einfach nicht serviceorientiert und seine Angestellten nicht hilfsbereit. Ich hatte gehofft, wir hätten wenigstens im Zug noch unsere Ruhe, bevor der Trubel in Braunschweig dann losgeht.
Mich lässt das Gefühl nicht los, dass wir miteinander reden sollten. Nachher im Hotel ist es dafür viel zu spät, da werden wir beide todmüde sein. Und morgen müssen wir früh nach Hannover. Vielleicht sollten wir doch einen Tee trinken gehen. Uns gegenübersetzen. Wenn sie hungrig ist, wird Stefanie immer ganz unwirsch und mürrisch und das darf sie heute nicht sein. Ich schlage ihr am besten vor, ins Restaurant zu gehen. Hoffentlich finden wir einen Zweiertisch; ich hasse es, mit anderen Mitreisenden zusammensitzen zu müssen.

Pünktlich wie die Maurer. Kann ich gut. Kann das nicht leiden, wenn man zu spät kommt. Hab ich von meinem Alten. Das hat er mir eingeprügelt. Hatte er ja auch recht. Warten ist nervig. Und Siggi steht schon in den Startlöchern. Will zum Doppelkopf. Kann das Zocken gar nicht abwarten. Versteh ich. Auch wenn das nicht wie Pokern ist. Pokern ist besser. Viel besser. Bloß mit der Kohle bisschen riskant. Den Monat geht gar

nichts mehr. Erst neunzig, dann hundertfünfzig verloren. Kein gutes Blatt gehabt, so ist das.
Riecht muffig hier. Dass der nie mal die Fenster aufmacht. Muss man doch bei einer Kneipe, auch wenn hier nicht mehr geraucht wird. Hab ich ihm schon tausendmal gesagt. Dem Werner auch. Aber der kriegt ja gar nichts mehr geregelt. Der würde nicht mal merken, wenn keiner mehr käm.
Wenn Su und ich nicht wären, würde die *Mutter* den Bach runtergehen. Armer Kerl eigentlich. Aber nicht mein Bier. Muss jeder sehen, wie er klarkommt. Aber bescheißen würd ich den nicht. Su macht das. Denkt, ich merk es nicht. Lässt schon mal einen Fuffi in der Tasche verschwinden. Ist mir aber egal. Ich find das nicht fair. Der glaubt uns doch. Und viel hat der auch nicht. Bringt ja alles für Stoff durch. Hoffentlich bleibt er heute Abend weg. Ist nervig, wenn er drauf ist. Schlecht für die Kundschaft. Schlecht fürs Trinkgeld. Su und ich schmeißen den Laden schon. Aber morgen kommt er bestimmt, morgen muss er, da ist Su nicht da. Hat mir ja die Schicht aufgedrückt! Aber erst mal heute hinter uns bringen.
Ach du Scheiße! Heute Abend ist ja was im Hinterzimmer! Ist das schon fertig? Nein, natürlich nicht! Ist Siggi schon weg? Klar. Und Su ist auch noch nicht da. Erste Sahne.
Müssen da Stühle rein? Von vorne? Die Anlage? Labert da wer? Hier steht es ja: Stefanie Krause. Stefanie Krause? Hab ich den Namen nicht schon mal gehört? Ist aber auch egal. Jedenfalls labert die und braucht ein Mikro. Und wer darf das alles

wieder anschließen? Ich natürlich. Sonst kann ja hier nicht mal einer die Glühbirne auswechseln. Geht um acht los. Sind ja noch 'n paar Stündchen Zeit. Erst mal auf Su warten. Die soll mir Stühle schleppen helfen. Überhaupt ist die mir was wegen morgen schuldig.

Ich glaub, ich gönn mir doch mal ein Bierchen. Null zwei. Und in aller Ruhe vor der Tür 'ne Kippe. Ist eh nix los und bevor die mich hier am Tresen von der Seite anquatschen, erst mal Pause. Locker angehen die Sache. Wenn das so was Hippiemäßiges wird, kommen die wieder alle und wollen Saft und Wasser. Muss ich mich dauernd zum Kühlschrank bücken. Oder Kaffee und so 'n Scheiß. Können die nicht einfach Bier trinken wie normale Leute auch?

Da kommt Su. Hat sich schon wieder die Haare blondiert. Langsam sieht die aus wie 'ne Nutte. Kann man ihr ja aber auch nicht sagen. Wenn ihr Kerl das gut findet, soll sie doch. Für mich wär das nichts.

Soll ich einfach weglaufen? Der Stand hier ist ja riesig, ein richtiges Zelt. Vor ein paar Jahren war das alles noch winzig klein. Erst recht in der Innenstadt von Braunschweig. Da war auch noch nicht die ganze Konkurrenz so dicht, die anderen Parteien, in direkter Nachbarschaft. Da hinten kommt Kornmüller. Kleines Licht, nimmt sich aber ungeheuer wichtig. Sieht so aus, als hätte er in eine Zitrone gebissen. Unschwer zu erkennen,

was er in Wahrheit von mir hält. Jetzt reißt er sich zusammen. Da ist auch Brigitte, immerhin. Brigitte mag ich. Verstehe nicht, warum so viele nicht mit ihr klarkommen. Sie ist geradlinig. Eine der wenigen, die meint, was sie sagt.
Wenn ich jetzt wirklich einfach verschwinden würde? Alle stehen ließe, auch Brigitte und Viola?
Wo ist Viola überhaupt? Kann sie nirgends sehen. Manchmal würde ich das gern. Einfach weg, drei Wochen untertauchen. Mindestens. Mit niemandem reden, keinem Bescheid geben, nicht mal Viola. Kein guter Tag heute, wenn ich schon weg will, bevor es angefangen hat. Ja, hallo, hallo, gute Zugfahrt gehabt, in der Hauptstadt alles in Ordnung, mir geht es gut, mir geht es ja immer gut, freue mich, in Braunschweig zu sein. Wieso drückt mir Brigitte die Flyer in die Hand? Kann die nicht jemand anders verteilen?
Ach, da hinten ist Viola. Dachte schon, sie hätte sich einfach verdrückt. Sie isst Kuchen. Und ich? Ich habe Hunger. Wär ich mal auf Violas Vorschlag eingegangen. Wollte nicht gleich einlenken. Nicht zugeben, dass ich hungrig bin und dann war es für das Zugrestaurant zu spät. Jetzt kann ich ja schlecht gleich als Erstes nach meiner Ankunft hier Kuchen essen. Selbst gebacken, sieht gut aus, soweit ich das erkennen kann. Jetzt kommen Leute auf mich zu. Ach so, die Zettel verteilen, o je. Das ist ja so, als wäre ich Studentin und würde den Leuten Werbung für irgendein neu eröffnetes Schnellrestaurant in die Hand drücken, die sie gar nicht haben wollen. Da drüben ist eine Frittenbude. Ich habe Hunger. Die

zwei Frauen neben Viola holen sich Nachschub, haben den Mund ja noch voll. Ob die uns überhaupt wählen? Kann ich mir nicht vorstellen. Die wollen nur den Kuchen und am Sonntag wählen sie die anderen. Aha, Bleistifte und Schlüsselanhänger haben wir diesmal auch zum Verteilen. Besser als die Luftballons. Ich fänd ja Kondome gut. Aufdruck: „Das Schlimmste verhindern!“ Aber auf mich hört ja keiner. Der mit der schmuddeligen Baumwolltasche will mit mir reden. Also gut, weitermachen. Alles geben.

Volksnähe nennt man das wohl. Stefanie verteilt Handzettel, spricht mit den Leuten, strahlt. Die beiden Frauen neben mir essen jetzt schon das dritte Stück Kuchen. Falls man das essen nennen kann. Widerlich. Noch nie etwas von Maßhalten gehört?
Und Stefanie poussiert mit dieser Brigitte herum. Gelegentlich kommt sie sogar zu uns nach Hause. Das letzte Mal war geradezu unerträglich. Ich habe natürlich, um Stefanie einen Gefallen zu tun, etwas Besonderes gekocht und Stefanie hat meine Kochkünste gelobt. Wenn sie das auch mal ohne Besuch so ausgiebig täte! Sie haben sich fast ausschließlich über ihre Arbeit unterhalten. Aber nicht anregend, nicht intellektuell. Sondern wie zwei Waschweiber, die den neuesten Tratsch austauschen. Ich habe mich schließlich in mein Arbeitszimmer zurückgezogen. Meine Abende sind mir zu schade für gehaltlose Unterhaltungen. Brigitte kann wahr-

scheinlich nicht anders, sie ist ungebildet. Und missgünstig dazu. „Ach, habt ihr aber eine schöne Wohnung!“, hat sie die ganze Zeit geflötet, „oh, ein richtiger Flügel!“, „ach, dieses Bild über dem Sofa, das ist doch sicher kein Original, oder?“
Was denkt sie denn? Meint sie etwa, ich hänge mir Kunstdrucke an die Wand? Natürlich ist das ein Original! Mein Geburtstagsgeschenk zu meinem Vierzigsten. „Gönn dir doch mal was, Kind“, hat Mutter gesagt und dann habe ich mir einfach etwas gegönnt.
Wenn Brigitte ahnen würde, was das Bild wert ist, würden ihr die Worte fehlen. Und wie sie immer herumläuft! Leider hat es sich in Stefanies Partei noch nicht bei allen herumgesprochen, dass man die Dienste von Farb- und Stilberatern in Anspruch nehmen kann. Wenn es nach dem Aussehen ginge, käme keiner von ihnen in den Bundestag.
Jetzt gibt Stefanie ein Autogramm. Als wäre sie ein Filmstar. Die Politik verkommt immer mehr. Wie alles heutzutage. Will ich überhaupt, dass die Partei bei den Wahlen gut abschneidet? Gar an die Regierung kommt?
Dann hätte Stefanie noch weniger Zeit. Sie würde noch mehr in der Öffentlichkeit stehen. Urlaube wären noch rarer. Und es würde noch viel mehr um ihre Belange gehen, als es jetzt schon der Fall ist. Wann geht es denn mal um mich? Dass ich Stefanie meine Bewerbung verschwiegen habe, spricht Bände. Andererseits weiß sie so auch nichts von meiner Schmach wegen der Absage. Und ihre Karriere liegt mir schon am Herzen.

Ob ich einfach verschwinden soll? Mir die Stadt ansehen? Ein bisschen einkaufen gehen? Zu den anderen Parteien? Nein, das macht sich nicht gut. Und ich muss in Stefanies Nähe bleiben, sonst würde sie unruhig werden. Stefanie muss mich immer sehen können. Sie verlässt sich auf mich. Sie braucht den Blickkontakt.

Pass mal gut auf", hab ich gesagt, „ich will hier nicht alles alleine machen!" War so geladen, dass ich es nicht zweimal sagen musste.
Su hat gleich geschnallt, dass ich auf hundertachtzig bin. „Hat dich was gebissen?", hat sie gefragt. Hätte ich vielleicht sagen sollen, ich hab ein alkfreies Bier in meinem Kühlschrank gefunden? Kaputtgelacht hätte die sich und was gefaselt von „so ist das eben, wenn man verheiratet ist." Ich bin nicht verheiratet. Ich wohn bei Babsi. Das ist was anderes. Ich mach, was ich will, und lass mir nicht reinreden. So. Jetzt ist hier Maloche angesagt.
Hängt doch schon wieder der Penner vom Dienst hier rum. Der mit den Gedichtchen. Schreibt immer so Zeugs auf Zettelchen und lässt die dann irgendwo liegen. Trinkt am Abend drei Malzbier und kritzelt alles voll. Zeit haben die Leute, sagenhaft. Arbeitet der eigentlich was? So wie der aussieht, was soll der denn anderes machen als dichten? Mit den langen Haaren und dem Indianerband um den Kopf sieht der doch aus wie der letzte Mohikaner. Na ja, vielleicht schiebt er wo 'ne Nachtschicht, wo

ihn keiner sieht. Irgendwas Unterirdisches oder was mit 'ner Ganzkörpermaske.
Schöne Hände hat er aber. Ich steh ja auf schöne Hände, egal, ob bei Männern oder Frauen. Nicht wegen anfassen, sondern einfach so. Manu hat geile Hände. So schmal, mit langen Fingern und kurz geschnittenen Fingernägeln. Lange Fingernägel kann ich gar nicht haben. Voll affig und tussig. So wie Su. Immer mit so Glitzersteinchen drauf und halb lackiert. Muss ja eklig sein, wenn die einen anfasst. Babsi hat Geht-so Hände. Bisschen knubbelig. So kurze Finger. Deshalb hab ich ihr den Brilli auch fürs Ohr geschenkt. Ringe sehen bei der nicht gut aus. Bei Manu schon. Hat auch einen neuen. Golden. Bestimmt aus dem Urlaub. Wahrscheinlich hat sie sich mit der Kleinen gleich verlobt. Manu steht auf so 'n Scheiß. Mit mir hat die sich alle drei Wochen verlobt. Bloß um groß Schampus zu trinken und Kerzen aufzustellen, bevor es in die Kiste ging. Durchgeknallt. Auf die Dauer nervig. Kommt ja keiner zur Ruhe. Jetzt mit Babsi ist das besser. Bisschen langweiliger, aber geritzt.

Selten so genervt gewesen nach ein paar Stunden am Stand. Brigitte wollte danach mit mir Kaffee trinken, selbst das war mir zu viel. Viola ist spazieren, hoffentlich bleibt sie noch ein bisschen draußen. Endlich baden. Das Beste an Hotels sind die Badewannen. Unsere ist auch nicht schlecht, aber Viola will immer mit hinein. Deshalb, sagt sie, habe sie ja eine so große einbauen lassen, in der man zu zweit bequem liegen kann. Manchmal weiß ich nicht, ob sie wirklich mit mir baden will oder nur den Wasserverbrauch für eine allein zu hoch findet. Am Anfang fand ich das ja noch ganz gut, aber mittlerweile bade ich so gut wie gar nicht mehr, weil sie eingeschnappt ist, wenn ich sie nicht reinlassen will. Dabei liebe ich dieses Ritual. Wasser einlassen, Schaumbad dazu, warten, bis es kuschelig warm wird im Bad, bis der Spiegel beschlägt. Mich ins Wasser legen, Augen schließen und träumen.

Träumen kann man nicht zu zweit. Jedenfalls nicht in der Badewanne. Badezimmer mit Fenstern sind toll. Das hier geht zwar nur auf den Hinterhof, aber von hier im Wasser sieht man nur den blauen Himmel. Könnte auch in Südfrankreich sein. Draußen Lavendelfelder, ein großer Garten, eine Sonnenterrasse. Ein Haus in einem kleinen Dorf. Außer ein paar Traktorgeräuschen von den Bauern, den Vögeln und ein paar spielenden Kindern, die lachen, ist nichts zu hören. Ich sitze am Pool, nackt im Liegestuhl. Irgendwo im Gras liegt die fremde Frau und beobachtet mich. Sie ist weit weg, aber ich spüre ihre Blicke auf mir. Wie sie meine Brüste taxiert, meinen Bauchnabel. Wie sie an meinen Beinen hinunter- und wieder hinaufsieht, wie ihre Augen dazwischen ruhen. Der Wind streichelt meine Haut und ich wünsche mir nichts sehnlicher, als dass ihre Hände mich berühren.

Viola. Da kommt Viola. „Nein, alles in Ordnung, ich bade bloß." Was? Schon so spät? O je, ich muss mich beeilen. Muss mir den Vortrag noch einmal durchlesen, die neu eingearbeiteten Punkte durchgehen. Wollte ich doch im Zug gemacht haben. Hätte mich vorbereiten müssen auf unangenehme Fragen wegen der unklaren Haltung in der Afghanistanfrage, auch wenn es heute Abend darum gar nicht geht. Über erneuerbare Energien lässt sich nicht lange diskutieren. Entweder ist man dafür oder dagegen. Die meisten wissen doch sowieso nicht, was damit eigentlich auf sie zukommt. Hoffentlich geht alles gut nachher, ich habe so ein komisches Gefühl. Als ob etwas passieren könnte.

Verändert. Das ist es. Stefanie ist seit einiger Zeit verändert. Sie hat noch nie die Badezimmertür abgeschlossen. Ob sie Probleme hat, von denen sie mir nichts erzählt? Ob sie sich von mir zurückzieht und ich habe es bislang nicht bemerkt? Ich kann sie jetzt nicht stören. Sie muss sich vorbereiten. Eine erzwungene Aussprache wäre das Letzte, was sie jetzt gebrauchen kann. Sie wird so schnell emotional, kann schlecht trennen zwischen Privatem und Beruflichem.
Unsere Beziehung muss warten. Aber wie lange noch? Und worauf? Früher haben wir uns viel stärker ausgetauscht. Heute reden wir unentwegt miteinander, aber wir erzählen uns nichts. Oder nichts Persönliches. Im Grunde genommen weiß ich doch gar nicht mehr, wie es Stefanie geht. Und nicht nur das. Wann haben wir das letzte Mal miteinander geschlafen? Ich kann mich gar nicht mehr entsinnen.

Letzten Monat? Oder ist es noch länger her? Es war nach der Badewanne. Genau, wir haben zusammen gebadet. Stefanie will es leider nur noch selten und an jenem Abend war ich überrascht und erfreut, als sie es vorschlug.

„Kommst du auch in die Badewanne?“, fragte sie. Sie hatte Kerzen im Badezimmer angezündet. So etwas tut sie selten, ihr fehlt manchmal das richtige Gefühl für Atmosphäre. Aber sie bat mich, Musik mitzubringen. Als wir vor fünf Jahren in die Wohnung gezogen sind, haben wir uns jeden Samstag eine kleine Auszeit gegönnt. Ich habe dafür sogar die Stereoanlage einbauen lassen, weil Stefanie am liebsten beim Baden Musik hört. Ich habe etwas Gefälliges aufgelegt. Dvořák. Ich weiß ja, dass ihr der Zugang zu echter Musik fehlt. Auch wenn sie sich Mühe gibt, mich nicht spüren zu lassen, dass sie mit Klassik nicht viel anfangen kann. Dafür kann sie ja nichts. Wo hätte sie ihr Gehör denn schulen sollen?

Wir sprachen in der Badewanne über den Tag, die zurückliegenden, anstrengenden Wochen. Es war so intensiv wie schon lange nicht mehr. Stefanie sprudelte nur so voller Ideen für die letzten Wochen des Wahlkampfs und ich erzählte ihr von den Sorgen, die ich mit den Aktien habe. Wir stiegen erst aus dem Wasser, als es nur noch lauwarm war. Das war schön, ein Zeichen dafür, dass wir die Zeit vergessen hatten.

Beim Abtrocknen hat sie mich anders berührt als sonst, zärtlicher. Ich wusste sofort, dass sie mit mir schlafen wollte. Aber ich war unsicher. Mein Körper

hat sich in letzter Zeit so verändert. Ich bin davon überzeugt, es liegt an den Schilddrüsentabletten. Das Medikament ist einfach nicht richtig eingestellt, aber Professor Körner will mir nicht glauben. Vielleicht ist es auch das falsche Mittel? Behandelt er mich nicht optimal? Er kann sich Nachlässigkeiten ja leisten, er gilt als Koryphäe. Da zählt es nicht, dass man Privatpatientin ist. „Aber selbstverständlich tun wir unser Bestes für Sie!" Als ob ich nicht wüsste, dass sich das Beste besser anfühlt.
Stefanie hat nach dem Baden nicht den Fernseher angeschaltet, um die Nachrichten zu sehen. Sie hat meine Hand genommen und wir sind ins Schlafzimmer gegangen. Ich fühlte mich ein bisschen unbeholfen, steif. Ich war darauf überhaupt nicht vorbereitet. Insgeheim hatte ich gehofft, dass Stefanie wie jeden Abend zur Entspannung ihren Krimi liest. Aber sie hat, nachdem wir im Bett lagen, sofort das Licht auf ihrer Seite gelöscht.
Ich war froh, denn ich will nicht, dass sie mich so sieht. So deformiert. Gudrun sagt, ich übertreibe, aber ich spüre das genau. Dass ich in den letzten Monaten gealtert bin. Habe über einen Aufenthalt in einer Wellness-Klinik nachgedacht. Es gibt ja solche ganzheitlichen Häuser. Stefanie hat sich so schnell auf mich gerollt, dass ich ein wenig erschrocken bin. Es war so lange her. Und doch so vertraut. Ich kenne ihren Körper, auch wenn er an manchen Stellen ein bisschen molliger geworden ist. Ich rieche sie gern. Stefanie riecht immer frisch, immer gut. Das mochte ich von Anfang an. Ich glaube sogar, dass ich mich deshalb in sie verliebt habe.

Es ging alles ganz einfach. Stefanie hat mich so berührt, wie sie es all die Jahre getan hat. Nur haben wir uns früher viel länger geküsst. Als ich mit geschlossenen Augen ihren Geruch wahrnahm, musste ich plötzlich an meinen eigenen denken. Das war schrecklich. Ich habe mich gefragt: Merkt Stefanie das auch? Dass ich anders rieche, seit ich die Tabletten nehme? Ist der Geruch stärker als das Badeöl und die nach Rosen duftende Körperlotion? Wenn es so war, hat sich Stefanie nichts anmerken lassen. Sie hat mich so geliebt, dass es zum Ziel führte. Und danach habe ich dasselbe bei ihr getan. Beim Einschlafen hielten wir uns an den Händen. Als Stefanie mir dann den Rücken kehrte und mich losließ, überkam mich eine unerwartete Traurigkeit und ich dachte, wie vergänglich doch alles ist.
Du lieber Himmel! Es ist gleich halb acht! Wo bleibt denn Stefanie? Sie muss sich beeilen.

Politikerkram. Und darum muss ich mich jetzt kümmern. Was geht mich denn Politikerkram an? Warum kommen die gerade in die *Mutter*? Aber na gut, wenn's den Umsatz steigert. Ob's voll wird? Na, das letzte Mal bei den anderen Fuzzis war das Hinterzimmer auch gerammelt voll. Lauter so Brave, die sich hinterher mit drei Bierchen besoffen haben. Durften wahrscheinlich mal ohne Mutti von zu Hause raus. Nur Typen. Heute kommt ja 'ne Frau. Ob da lauter Tussen mitkommen? Ist ja auch egal. Quatschen doch alle nur neunmalkluges Zeug, das keine Sau versteht. Soll ja auch keine Sau verstehen. Meine Rede. Die wollen gar nicht, dass sie wer kapiert. Die wollen nur abzocken. Weiß man doch, wie viel Kohle die fürs Nichtstun kriegen, hört man doch immer wieder. Fürs schön Labern.

Ob Manu heute wiederkommt? Muss locker sein, wenn sie kommt, total locker. Als wär's das Normalste von der Welt, dass sie da mit ihrer Lolita reinspaziert und ihr cool 'nen Prosecco bestellt. Prosecco, ist ja klar. Pisszeug. Weiberkram. Mädchengesöff. Wie die Manu angehimmelt hat, konnte man ja nicht hingucken. Voll daneben. Peinlich. Dass du das nötig hast, hätte ich gerne zu Manu gesagt. So 'ne Göre, die dir am liebsten die Schuhe ablecken würde. So 'n Kind. Ist das überhaupt erlaubt? Aber den Teufel werd ich. Kein Kommentar. Bloß nichts anmerken lassen. Wie damals. Dass die mich einfach vor die Tür gesetzt hat, das verzeih ich der nie, ich schwör's. Bis an mein Grab nicht. Da könnt ich immer noch ausrasten. Nee, so was macht man einfach nicht mit mir. Kann man ja wohl noch mal drei Takte reden. Ich hätte mit Babsi nichts angefangen, echt nicht. Klar ist die schnuckelig, aber auch 'n bisschen doof. Schon süß, aber kein Vergleich zu Manu. Manu ist einfach scharf. Muss sie ja nicht wissen, dass ich das denk. Waren auch alle neidisch, als die sich an mich rangemacht hat. „Eine Diplomierte", hat Angie gesagt, „die bleibt nicht lange!"

Immerhin ist die zwei Jahre geblieben. Und die waren voll geil. Manu immer knackig, dauernd Pizza essen und mir coole Klamotten gekauft. „Ich will, dass meine Braut gut aussieht", hat sie gesagt.

Konnt ich verstehen. Manu fand auch den Panther geil. Auch wenn die den Paulchen genannt hat. Hab natürlich nur so getan, als ob mich das ärgert. War schon auch süß. Wie sie in die Apotheke gefahren ist, mir so 'n Zeugs holen, wegen der Entzündung. Obwohl sie Tattoos eigentlich uncool findet. Weil es was für immer ist.

Ich find das nicht schlimm, wenn was für immer ist. Wegen mir hätt das mit Manu was für immer sein können. Aber sie musste ja dauernd mit ihrer Ex rummachen. Krater-Helga. Und jetzt mit so 'nem Baby. Und dann mich rausschmeißen wegen bisschen Knutschen mit Babsi. Echt die Härte!

So ein Veranstaltungsort hat mir gerade noch gefehlt. Alternativkneipe. Lauter lahme, versoffene, gelangweilte Figuren, die eine Woche vor der Wahl wahnsinnig politisch werden und mitreden wollen.

Schon wieder der Impuls davonzulaufen. Fort. Weit, weit weg. Nach Südfrankreich, zu der fremden Frau. Wieder zurück in die Badewanne. Ob Viola mich vertreten könnte? Sie hat den Vortrag doch schon so oft gehört! Vielleicht würde sie es sogar besser machen als ich. Wahrscheinlich würden alle es besser machen als ich. Manchmal denke ich, ich müsste noch mal ganz von vorne anfangen. Etwas studieren, was mich wirklich interessiert. Psychologie zum Beispiel. Ich könnte ja in der Politik bleiben. Als Beraterin. Das ist sowieso ein viel besserer Job.

Man agiert im Hintergrund, verdient mehr Geld und kann arbeiten, für wen man will.
Auch witzig, wie sich jetzt alle über die Offenlegung der Nebentätigkeiten aufregen! Bloß, weil sie nicht wollen, dass die Leute mitkriegen, wie viel sie nebenbei noch verdienen. Ich finde das richtig. Wenn man die Arbeit als Abgeordnete wirklich gut machen will, hat man doch überhaupt keine Zeit für Nebentätigkeiten. Außer für solche, die keine sind, sondern nur ein Fake, damit die Schmiergeldzahlungen nicht auffallen. Aber dafür bin ich sowieso in der falschen Partei. Vielleicht, wenn wir wieder in der Regierung sind. Aber ich würde das nicht machen. Ich finde, man muss anständig bleiben, gerade, wenn man an den Schaltstellen der Macht sitzt.
Wie es wohl sein wird, wenn wir es schaffen? Ob ich mir selbst treu bleiben kann? Bin ich mir selbst treu? Wenn wir es nicht schaffen, steige ich aus. Ich habe keine Lust mehr, nichts bewegen zu können. Ich will weiterkommen. Will ich wirklich weiterkommen? Wohin eigentlich? Ich bin müde. Dr. Stefanie Krause, die Unermüdliche, ist unendlich müde. Vielleicht brauche ich eine Pause. Aber das wäre tödlich für meinen Aufstieg in der Partei. Hinter mir warten schon zehn andere.
Vielleicht hat Viola recht. Vielleicht muss ich noch etwas ganz anderes aus meinem Leben machen. Sie würde mich dabei unterstützen. Außerdem habe ich etwas gespart. Ob ich Chancen hätte in der Privatwirtschaft? Ich könnte mich unmöglich aushalten lassen von Viola. Nicht auf Dauer. Das

macht eine Partnerschaft kaputt. Und mich abhängig. Ich könnte mich nicht mehr von ihr trennen. Wie komme ich denn jetzt darauf? Will ich mich etwa von Viola trennen? Bin ich unglücklich? Nein, aber unzufrieden. Mir fehlt etwas in meinem Leben. Sex? Ist es wirklich so einfach? Sollten wir in eine Paartherapie? Lässt sich so etwas therapieren? Vielleicht sollte ich wirklich Psychologie studieren, dann könnte ich solche Probleme womöglich selbst lösen. Oder ist das normal? Dass eine Beziehung nach so vielen Jahren eben nicht mehr leidenschaftlich ist? Brigitte sagt: Freundschaft schließt Leidenschaft aus.

Immerhin schlafen wir ja noch manchmal miteinander. Obwohl ich das Gefühl habe, Viola will es eigentlich nur schnell hinter sich bringen. Sozusagen ihre ehelichen Pflichten erfüllen. Als ob es ihr unangenehm wäre. Und richtig angetörnt bin ich auch nicht mehr. Wie auch, wenn sie sich keine Mühe gibt? Keine besondere Unterwäsche mehr, keine romantische Musik, kein Kerzenlicht, gar nichts. Als hätten wir nie aufregenden Sex gehabt. Irgendwie ist das alles verloren gegangen. Hat einfach aufgehört. Könnte nicht einmal mehr sagen, wann. Statt wilder Nächte nur noch alle paar Wochen Routinehandlungen, die nicht einmal immer zum Höhepunkt führen.

Das reicht mir nicht. Ich bin gerade mal zweiundvierzig! Aber wie würde ich reagieren, wenn mich Viola plötzlich im kleinen Schwarzen verführen wollte? Fände ich das erotisch? Müsste ich nicht vielleicht sogar lachen, weil es so gänzlich außer-

halb meiner Vorstellung liegt? Ich habe mal gelesen, man muss Sex mit dem Partner immer wieder neu erfinden. Aber wie? Ob das mit Viola funktioniert? Ob sie das überhaupt will?
Aber wenn ich ehrlich bin, will ich im Moment gar nichts von Viola. Wenn ich ehrlich bin, will ich eine Fremde. Was? Das Mikro testen, ja. Und kann hier mal jemand die Fenster aufmachen? Jetzt fängt es auch noch an zu regnen. Wahrscheinlich kommt sowieso keiner.

Verrückt, was ich hier tue. Aber Stefanies Wahlkampf bringt uns an Orte, die ich freiwillig nie aufsuchen würde. Man riecht hier förmlich die sozialen Probleme. Die Männer, die hier am Tresen sitzen, sind mit Sicherheit alle arbeitslos oder schlecht bezahlt. Statt sich sinnvoll zu beschäftigen, verbringen sie den ganzen Abend in dieser Spelunke und betrinken sich. Frauen lassen sich in diesem Sinne weniger gehen. Haben mehr Verantwortungsgefühl für sich selbst. Außer der Kellnerin. Sie sieht beinahe aus wie eine Animierdame. Dabei soll das ein Studententreffpunkt sein. Das Ambiente scheint sich auch hier in den letzten Jahren gewandelt zu haben. Früher trug Stefanies Klientel ausschließlich Birkenstock-Sandalen und schlecht sitzende Hosen, heute tragen sie schon bauchfrei. Aber die Politikinteressierten kommen ja vielleicht noch. Hoffentlich. Es dauert ja noch eine halbe Stunde bis zur Veranstaltung. Immerhin ist die Lokalpresse schon da. Macht ein Interview mit Stefanie. Sie sieht gut aus, ausgeruhter, als sie ist. Das Baden scheint ihr gut getan zu haben.

Da steht ja ein Klavier. Wie es wohl wäre, wenn ich mich hinsetzte und etwas Chopin spielte? Ob sie mir zuhören würden? Für einen Augenblick aufsähen, schwiegen, ihren Alltag vergäßen? Diese schreckliche Musik ausstellen würden, die den Raum erfüllt? Ob sie meinen unaufdringlichen Klängen lauschen könnten? Wenn diese Menschen hier zusammen musizierten, statt nur zu trinken, wären sie dann glücklicher? Wahrscheinlich würden sie mein Klavierspiel nicht einmal bemerken, die Musik lauter stellen und noch lauter sprechen, um mich zu übertönen. Troglodyten. Was Stefanie wohl sagen würde? Bist du verrückt geworden? Willst du die Leute vergraulen?

Nein, das würde sie nicht wagen. Und es auch nicht so meinen. Aber sie ist noch nie auf die Idee gekommen, mich zu fragen, ob ich nicht eine der vielen Veranstaltungen musikalisch begleiten möchte. Dabei spiele ich um Klassen besser als diese Studentin neulich bei dem Buffet in der Parteizentrale. Fast nicht auszuhalten. Viel zu harter Anschlag und kein Gefühl für das Instrument. Ein geliehener *Bechstein*, der Klang war durchaus passabel. Aber heutzutage weiß das ja niemand mehr zu schätzen. Obwohl man bei all den Akademikern in der Partei davon ausgehen sollte, dass sie kulturelle Bildung erfahren haben. Anders als hier. Ich glaube nicht, dass das Studenten sind. Oder sehen so die

zukünftigen Ingenieure unseres Landes aus?
Und doch, gerade hier würde es mich reizen. Ob ich die Frau am Tresen frage, ob sie Interesse hat? Immerhin bin ich Konzertpianistin und habe meine Visitenkarte dabei. Aber nein, ich will auch Stefanie nicht die Schau stehlen. Es ist ihr Abend, ihr Auftritt. Obwohl ich mir die Idee, in Spelunken zu spielen, merken muss. Chopin fürs Volk. Das könnte ein wunderbares Projekt werden. Sensibilisierung der Unterschicht für klassische Musik. Vielleicht würde es sogar vom Bund gefördert.
Da kommt Brigitte. Sie hat sich umgezogen. Sieht ja noch schlimmer aus als heute Mittag. Wieso trägt sie denn am Abend so schreiende Farben? Wir sind doch nicht im Zoo! Sie soll mich bloß nicht ansprechen. Ich glaube, ich gehe einfach noch ein wenig spazieren. Hier drinnen ist die Luft sowieso so schlecht. Und jetzt, wo Brigitte da ist, braucht mich Stefanie auch nicht mehr. Werde noch ein wenig über das Musikprojekt nachdenken. Vielleicht sollte ich mir ein paar Notizen machen und es gleich nach meiner Rückkehr in Berlin mit Gudrun besprechen? Wir träumen ja schon so lange davon, etwas gemeinsam auf die Beine zu stellen. Etwas Sinnvolles, das uns ausfüllt und fordert. Wenn Stefanie tatsächlich den Sprung in die Regierung schafft, wäre es auch gut, wenn sie eine Partnerin hätte, die sich für soziale Belange engagiert. Obwohl ich nicht in die Partei eintreten werde. Niemals.

Plötzlich so voll hier. Und was ist das da eigentlich für ’ne komische Braut? Hat die noch nie ’n Klavier gesehen? Was glotzt die denn so? Wie kommt die überhaupt hierher? Die passt doch eher drüben ins *Mövenpick*. Zum Abhaken, die Vogelscheuche. Gehört die etwa zu der Veranstaltung? Sehen die Ökos heute so aus? Nee, kann ich mir nicht vorstellen. Sieht so aus wie bestellt und nicht abgeholt, kann einem ja fast leidtun. Guckt so komisch. Ist bestimmt einsam. Bestellt nichts. So viel zum guten Umsatz heute. Wenigstens muss ich mir das im Hinterzimmer nicht anhören und muss die auch nicht bedienen. Sollen sich ihr Zeug gefälligst selbst holen und mitnehmen. Hier vorne hat man den besseren Überblick. Vielleicht kommt Manu ja noch. Mit dem kleinen Prinzesschen. Darf gar nicht dran denken, könnte austicken. Hab ’ne Flasche Prosecco im Kühlschrank gebunkert, ganz hinten, ist schon uralt, über eine Woche offen. Die schale Plörre kriegt dann Manus Mäuschen.

Wieso glotzt die Vogelscheuche denn immer noch auf das Klavier? Ob die nicht ganz richtig in der Birne ist? Soll’s ja geben. Solche, denen man das nicht ansieht. Ob ich vielleicht auf die aufpassen muss, dass die nichts kaputtmacht? So plötzlich aus’m Affekt? Obwohl, die sieht nach Kohle aus. Aber wer sagt denn, dass die mit Kohle alle richtig ticken? Spinnen wahrscheinlich alle total, weil sie dauernd zum Seelenklempner rennen, wegen ihrer Problemchen. Ein Haufen Mädels läuft da ins Hinterzimmer. Paar Schwestern dabei. Die

eine kenn ich aus dem *Seven up*. War ich auch lange nicht mehr. Babsi ist ja vom Sofa nicht runterzukriegen. Ob das ’ne Schwester ist, die nachher im Hinterzimmer quatscht? Hab die noch gar nicht gesehen. Ist jetzt gerammelt voll. Ich hab alles erledigt, Mikro, Stühle, jetzt sollen sie zusehen, wie sie alleine klarkommen. Die Vogelscheuche zieht auch ab, nach hinten. Gehört also dazu. Muss ich mir wenigstens keine Gedanken mehr machen, ob sie was mit dem Klavier anstellt.
Da ist Babsi. Na, die kriegt was zu hören.

Schlimme Veranstaltung. Was für Leute! Erst mal gut, dass es vorbei ist. Bin nicht mal müde, war so anstrengend, dass ich ganz aufgedreht bin. Hab ich Hunger? Hunger nicht, aber Lust auf etwas zu essen. Was Süßes? Nein, lieber salzig. Hier gibt es bestimmt sowieso nichts. Vielleicht Chips. Chips wären gut. Chips zum Bier. Aber dazu müsste ich noch eins bestellen. Und ich wollte doch gehen.
Arme Viola, hier gibt es nur eine Sorte Weißwein und eine Sorte Rotwein. Bier mag sie einfach nicht. Wahrscheinlich ist es überhaupt schrecklich hier für sie, wo sie ja auch mit Brigitte nicht kann. Deshalb hält sie sich im Hintergrund. Aber warum kommt sie dann überhaupt mit? Hat sie sich Sekt bestellt? Nein, bestimmt Prosecco. Scheint ihr aber nicht zu schmecken. Na gut, die Kneipe gehört sicher nicht zur gehobenen Klasse, aber ganz so angeekelt

müsste sie auch nicht gucken, so schlimm wird der Prosecco nicht sein. Obwohl, wenn er so schlimm ist wie die Leute hier, kann ich sie verstehen.
Die Frau da vorne kommt mir so bekannt vor. War das nicht die, die sich mit ihrer Freundin heute Nachmittag am Stand Unmengen von Kuchen hineingeschaufelt und drei Schlüsselanhänger mitgenommen hat? Aber bei meinem Vortrag war sie nicht. Hätte mich auch gewundert. Redet mit der Barfrau. Deshalb sieht die mich nicht. Wieso bezahlen eigentlich die Herren Kollegen meine Getränke nicht? Sind doch sonst immer zur Stelle, wenn es darum geht, wichtig zu sein. Wo sind die überhaupt alle? Aha, noch drinnen, kämpfen um jede Stimme. Eigentlich widerlich, dieses Sich-Anbiedern. Ich kann das heute nicht mehr. Bin froh, dass ich raus bin. Sollen sie doch später sagen, ich hätte mich nicht genug engagiert. Bin müde, will gehen.
Brigitte will sich verabschieden, das ist gut. Nein, heute Abend gar nichts mehr, ja, wir gehen morgen Mittag mit allen essen, ja, toll gelaufen, schlaf gut.
Sollte wirklich bald ins Bett und meine Kräfte sparen, obwohl ich so aufgedreht bin. Meistens sackt es schon im Taxi ganz schnell ab, dann werde ich plötzlich bleiern müde. Viola will sicher schon lange zurück ins Hotel. Muss noch mein Bier bezahlen. Könnte sicher einfach so gehen. Aber wenn das jemand mitkriegt, heißt es womöglich morgen in der Regenbogenpresse: *Bundestagsabgeordnete prellt Zeche in Braunschweiger Eckkneipe!*
Gar nicht so leicht, sich bemerkbar zu machen, die Barfrau beachtet mich nicht, scheint sich mit

der Kuchenesserin zu streiten. Jetzt sieht sie zum dritten Mal in die andere Richtung, nicht zu mir, bin ich so unscheinbar? Ich mag diese Situationen nicht, in der Regel bezahlt ja auch Viola. Sie steht aber am Klavier und schaut nur verträumt ins Nichts. Woran sie wohl denkt?
Soll ich der Barfrau jetzt winken oder „Hallo, hallo" rufen? Jetzt schaut sie in meine Richtung. Reagiert gar nicht. Will sie mich nicht sehen? Tut sie nur so arrogant? Sie wirkt so. Passt ja zu den nackten Oberarmen und der Tätowierung. Aber schöne Augen hat sie. Sieht mich aber lange an. Nickt. Heißt das, ich soll zu ihr kommen? Ich geh mal hin. Ob ich mir noch ein Bier bestelle? Nein, das kann ich Viola nicht antun. Also zahlen. Schade.

Vermutlich wäre Stefanie sehr irritiert, wenn ich plötzlich sagen würde: „Liebes, ich bliebe gerne noch ein bisschen hier. Hier ist es so angenehm. So authentisch und urtümlich."
Stefanie würde misstrauisch werden. Zu Recht. Wann wollte ich an solch einem Ort schon einmal länger bleiben? Nie. Niemals. Nur heute.
Aber genau so empfinde ich es plötzlich: Hier ist alles ganz ursprünglich. Ungewohnt. Der Prosecco ist unbestreitbar scheußlich, ich kann ihn nicht einmal austrinken. Aber wer weiß, möglicherweise hat die Frau am Tresen ihn mir gegeben, nur damit ich mich anschließend bei ihr beschweren würde, wovon sie sicher ausgegangen ist? Damit muss sie

gerechnet haben, denn ich sehe ganz bestimmt nicht so aus, als ließe ich mir solch einen Prosecco servieren, ohne ihn zu kommentieren. War es also ein Vorwand? Wollte sie mit mir ins Gespräch kommen und wusste nicht, wie? Beobachtet sie mich oder kommt mir das nur so vor? Vielleicht meint sie mich auch gar nicht. Aber als ich vorhin am Klavier stand, hat sie mich richtig angestarrt. Wegen des Instruments? Vielleicht hat sie gespürt, dass ich spielen wollte und hat strikte Anweisung, Derartiges nicht zu erlauben. Daran müsste sie sich in ihrer Position natürlich halten.
Stefanie war heute leicht aggressiv. Und schlecht vorbereitet. Das ist allerdings nur mir aufgefallen. Sie kann es gut überspielen, wenn man sie auf dem falschen Fuß erwischt. Schnell das Thema wechseln, in sichere Gewässer zurückschiffen. Das hat sie an der Universität gelernt. Diskurse führen, mitunter ohne Inhalt. Eloquent über nichts reden. Ich weiß schon, warum ich mich gegen eine Promotion entschieden habe. Wichtigtuerei liegt mir nicht. Bescheidenheit ist eine Zier. Ich brauche keinen Titel, um Intellekt zu beweisen.
War ich daran schuld, dass es heute nicht optimal lief? Hätte ich nicht spazieren gehen sollen? Aber ich hätte die Enge des Hotelzimmers nicht lange ertragen. Heute ist es besonders schlimm. Ich habe das Gefühl, dass ich einen beißenden Geruch verströme und jeder in meiner Nähe es bemerkt. Hat Brigitte bei der Begrüßung nicht sogar die Nase gerümpft? Deshalb halte ich lieber Abstand. Am liebsten würde ich mich einschließen. Oder an ei-

nen Ort fahren, wo Sonne und Wind meine Haut von innen lüften.
Ans Meer. Wie lange war ich nicht mehr richtig am Meer. Nicht ein Wochenende an der Ostsee oder für zehn Tage auf Lanzarote. Am offenen Meer. Ohne Zeitgefühl am Strand, wochenlang auf und ab laufen, Bach im Ohr und die Schöpfung vor Augen, am Abend frischen Fisch und auf der Terrasse die Sterne betrachten. Dazu gehört Liebe. Das Gefühl, hier und jetzt nur mit diesem einen Menschen sein zu wollen. So wie früher mit Stefanie. Natürlich würden wir uns heute nicht mehr benehmen wie verliebte Teenager. Aber es könnte ein neues Gefühl einkehren. Die Gewissheit der richtigen Zeit am richtigen Ort. Statt eines leidenschaftlichen ein ruhiges Begehren. Stilvoll, den Jahren angemessen und liebevoll gezähmt.
Die Frau am Tresen beobachtet mich immer noch. Sie streitet sich mit einer anderen, blickt verzweifelt zu mir herüber. Eine ganz andere Welt. Was mache ich eigentlich hier? Ist das gut für mich? Vielleicht ist es das ja. Unter all den Gerüchen nach Bier und Schweiß fühle ich mich fast sicher. Muss ich mehr unter Menschen? Was weiß ich denn vom Leben? Mein eigenes reduziert sich auf das Musizieren, aber mir fehlt das Publikum. Mehr noch: Ich bin Stefanies Publikum geworden.
Der Prosecco ist ungenießbar. Ob ich mir ein anderes Getränk bestelle? Aber Stefanie muss ins Hotel. Wir können den Parteifreunden den Umtrunk nicht absagen und dann zusammen an der Theke weitertrinken. Das ist unhöflich. Jetzt bezahlt sie ja auch.

Ob sie daran gedacht hat, ein Taxi zu rufen? Aber wenn ich mich recht entsinne, gab es unweit von hier einen Taxistand. Ein paar Schritte werden uns guttun.

Perfekt: Die Blonde hat mich angefasst beim Bezahlen. Absichtlich. Die ganze Zeit hat die mir schöne Augen gemacht, auf meinen Oberarm gestarrt. Hab natürlich beim Zapfen die Muskeln extra spielen lassen. Ist ja auch geil, der Panther. Auch wenn Babsi sagt, ich bin für so ’n Scheiß zu alt. Dabei weiß die gar nicht, wie alt ich bin. Die hab ich von Anfang an belogen.
War mir ja zuerst nicht sicher gewesen bei dem Tattoo. Wollte was Buntes. Am liebsten ’n Herz, Kreuz, Anker. So ’n geiles Matrosenzeug. Ob ich noch alle Tassen im Schrank hab, hat Angie gefragt und dann auf den Panther an der Wand gezeigt. „Auf so was stehn die Frauen, da kannst du Gift drauf nehmen.“ Stimmt. Alle wollen das Teil nämlich anfassen. „Darf ich mal?“ Und ich: „Klar!“ Hat sich die Kohle voll gelohnt. Die Entzündung auch. Aber die Blonde? Ob die auf Raubtiere steht? Die ist was Besseres, sieht man gleich. An den Händen. Dicke Ringe. Ob das ’n Ehering ist? Ob die ’n Typen zu Hause hat? Oder die Vogelscheuche? Bestimmt nicht. Egal. ’ne Öko. Steht wahrscheinlich auf Blümchensex. Oder ist so ’ne ganz verkappte. Hört man doch immer wieder von Politikerinnen. Wer weiß. Aber das krieg ich eh nicht raus. Wo denn

auch? Bei mir geht nicht wegen Babsi. Wohnt so eine allein? Wohnen die nicht in so Kommunen mit plärrenden Bälgern und Räucherstäbchen im Wohnzimmer?
Bin ich bekloppt? Was will ich denn von so einer? Manu ist nicht gekommen. Nicht mit ihrem Prosecco-Küken, nicht alleine und auch nicht mit Krater-Helga. Alleine traut sie sich bestimmt nicht. Babsi hat sich wieder wegen irgendwas aufgeregt. Wenn's nicht wegen dem Bier ist, dann, weil ich zu Hause angeblich nichts tue. Ja, meint die denn, ich steh da jeden Tag mit so 'ner Sprühflasche und wiener ihren Glastisch? Reicht doch auch, wenn sie's tut! Ist dann abgehauen, hat gesagt, sie ist müde. Manu kommt heute bestimmt nicht mehr. Und die Blonde erst recht nicht.
Muss mir das Plakat besorgen, da ist 'n Foto von ihr drauf. Und ihr Name. Und was hab ich davon? Ich könnte ihr nachstellen. Sie anbaggern. Großwildjagd.

Scheußlich, die Tätowierung auf dem Arm. Abstoßend. Nackte Arme. Viel zu kalt für die Jahreszeit. Was will sie damit beweisen? Aber die Haut. Glatt. Weich. Darüberstreichen. Muskeln. Packt bestimmt zu. Schöne Hände.
Komischer Abend heute. Diese Kneipe, dieses Hinterzimmer. Mehr Frauen als Männer, irgendwie alternativ, aber schrecklich kleinbürgerlich. Überzeugen, immer wieder. Das ist so mühsam.

Rechtfertigungen. Erklärungen. Ich kann zu allem etwas sagen. Bis auf diese eine Frage, da wusste ich erst mal nicht weiter. Könnte ja auch mal jemand klatschen, nicht immer nur diese überkritischen Fragen. Können die sich eigentlich vorstellen, wie anstrengend das ist? Basisarbeit. Dass ich nicht lache. Regenerative Energie. Interessiert mich das wirklich? Könnte stundenlang darüber dozieren, sogar im Schlaf, zum Mitschreiben und Drucken. Bin auch regenerativ. Lade mich immer wieder brav auf. Aber was ich wirklich denke, das weiß niemand.
Wenn Viola nicht dabei gewesen wäre, hätte ich freie Bahn gehabt. Brigitte und die anderen habe ich sowieso auf morgen vertröstet. Nicht schon wieder ein Abendessen. Brauche meine Energien für die nächste Woche. Wird eine Horrorwoche. Muss schlafen. Wofür eigentlich freie Bahn? Ich hätte sie sowieso niemals angesprochen. Dieser Panther auf dem Arm. Wie spricht man so eine Frau denn an? Musste aber dauernd hinsehen. Wieder wegsehen. Abstoßend. Anziehend. Die Haut. Glatt. Weich. Muskeln.
Wie lange dauert das denn noch, bis wir beim Hotel sind? Bin müde. Will ins Bett. Mit der Barfrau. Völlig absurd. Der Taxifahrer kennt sich nicht aus. Das Hotel war doch gar nicht so weit weg. Wieso konnten wir eigentlich nicht zu Fuß gehen? Ach ja, weil ich gesagt hatte, ich bin so erschöpft, damit wir Kornmüller und den Rest loswurden. Sonst hätten die uns noch zum Hotel begleitet.
Was redet Viola eigentlich die ganze Zeit? Höre gar nicht richtig hin. Bin unkonzentriert, abgelenkt.

Die Barfrau. Ich hab beim Bezahlen einfach ihre Hand berührt. So was hab ich das letzte Mal vielleicht vor zehn Jahren gemacht. So plump. Habe ich so was überhaupt schon mal gemacht? Sie hat sie nicht weggezogen. Weiche Handfläche. Viel weicher, als ich dachte. Meine Finger darin. Lange. Viel zu lange. So auffällig. Hat das irgendjemand gesehen? Hat Viola es gesehen? Hätte gern den Oberarm berührt. Doch schon da. Viola lässt sich eine Quittung geben. Denkt immer an alles. Ich bin gar nicht mehr müde. Am liebsten wieder umkehren. Zurück in die Kneipe. Zurück zu ihr. Einen Abend in einer Studentenkneipe abhängen. Wie damals. Kein Geld, aber glücklich. Als wir an langen Tischen für alle Tsatsiki bestellten und uns am Brot satt aßen. Träumten von der großen Veränderung. Wie wir später leben wollten: Kollektiv und multikulturell. Ohne Klassenunterschiede. Und heute? Lebe ich mit einer Industriellentochter in einem Luxusdachgeschoss und träume davon, mit einer tätowierten Barfrau zu schlafen.

Will ich das wirklich? Ja. Genau das will ich jetzt: Fünf Bier trinken, einen Joint rauchen und mich in einem fremden Bett von ihr verführen lassen. Sie würde mich ausziehen, mir ungeduldig den BH öffnen, weil sie es nicht abwarten könnte. Sich das T-Shirt über den Kopf ziehen, auf mir sitzen und mich fordernd ansehen. Ihre Finger um meine Lippen kreisen lassen, meine Brüste berühren und in mich eindringen. Sie würde mich in ihren starken Armen halten und alles mit mir tun, wovon ich immer schon geträumt habe.

Verraten. Ihr Blick hat sie verraten. Himmel, wie die Barfrau mich beim Hinausgehen angesehen hat! Unsere Augen trafen sich nur ein einziges Mal. Nur einen winzigen Augenblick. Lange genug, um es mich wissen zu lassen. Wir haben uns erkannt. Dann hat sie so getan, als ob nichts wäre. Sich wieder ihrer Arbeit gewidmet.
Sie ist sicher sehr sensibel. Menschen mit Tätowierungen sind immer sensibel. Deshalb verletzen sie ihre Haut. Und dann noch ein Panther. Sie will sich stark fühlen. Bestimmt hat man ihr früh schon wehgetan. Ich würde sie am liebsten in den Arm nehmen, ganz vorsichtig über die Narben streichen und sie zärtlich küssen. So wie früher Stefanie. Wann haben wir uns das letzte Mal geküsst? Richtig geküsst? Keine Gutenachtküsse oder Begrüßungsküsse oder Versöhnungsküsse. Zärtliche Küsse. Hat die Pantherfrau mit mir geflirtet? Kann ich überhaupt noch flirten? Fühle mich alt, unattraktiv. Die Haut an meinen Oberarmen beginnt, schlaff herunterzuhängen. Zuerst habe ich es bei Gudrun gesehen. Als sie im Sommer mit einem ärmellosen Kleid auf der Terrasse saß und mir Kaffee eingoss. Ich dachte: Du lieber Himmel, jetzt schon! Dann habe ich mich selbst nach dem Duschen aus allen Perspektiven eingehend im Spiegel betrachtet und auch bei mir erste Anzeichen festgestellt. Ich verfalle und rieche ranzig. Oder bilde ich mir das doch nur ein? Habe ich ein schlechtes Bild von mir, weil Stefanie mich

nicht mehr begehrt? Wie lange hat sie mir nicht mehr gesagt: „Du bist schön“?
Was, wenn ich einfach zurückfahre? Sage, ich müsste mir noch ein wenig die Beine vertreten. Stefanie schläft bestimmt bald ein. Ich könnte zu später Stunde doch noch etwas auf dem Klavier spielen. Es müsste ja nicht Chopin sein. Etwas Moderneres wäre wohl angemessener. Ein Jazz-Stück. Jetzt sind auch nicht mehr so viele Gäste da. Aber vielleicht hat sie eine Freundin, die sie abholt. Die Pummelige, mit der sie sich gestritten hat. Aber es geht ja sowieso nicht. Stefanie wäre außer sich, wenn sie aufwachte und ich wäre nicht da. Sie kann im Hotel keine drei Minuten alleine sein. Wie ein kleines Kind. Nach dem Duschen Bettchen. Küsschen. Schlafen.
Vielleicht nächste Woche. Ich könnte ein Konzert erfinden und nach Braunschweig fahren. Mit dem Auto gut zwei Stunden. Mich wie zufällig an den Tresen stellen, sie lange ansehen und sagen: „Ob ich vielleicht ein Bier bekommen könnte?“
Sie würde erröten: „Was machst du denn hier?“
Und ich: „Dich anschauen.“
Und sie: „Ich habe die ganze Zeit auf dich gewartet.“
„Auf mich?“
„Ja, nur auf dich.“
Stefanie kommt aus dem Badezimmer. Es ist nicht richtig, an eine andere Frau zu denken, wenn die eigene gerade ins Bett geht. Gedanken, es sind nur eigenartige Gedanken. Bestimmt kommt das auch von den Tabletten. Ich muss zu Professor Körner. Ich will neu eingestellt werden. Gleich nächste Woche. Man kann doch nicht am gleichen Abend

wollen, dass die eigene Beziehung besser wird und gleichzeitig mit einer anderen Frau flirten. Und noch dazu mit einer, von der man nichts weiß. Nur eine Seelenverwandtschaft ahnt. Oder hat das eine mit dem anderen zu tun? War das ein Zeichen, dass ich mich von Stefanie unabhängiger machen muss? Suche ich in Wirklichkeit nach einer Affäre?
Die Szene am Strand – vielleicht wäre ich gar nicht abgeneigt von neuer Romantik. Händchen halten, verliebte Blicke, Seufzen in der Nacht. „Komm, Geliebte, küss mich."
Ja, ich habe Sehnsucht nach einem Abenteuer.

Problem gelöst: Babsi schon weg, ihre Mutter besuchen. Besser so. Könnte jetzt nicht mit ihr frühstücken, bin echt über sie hergefallen. Sie hat gepennt, hab sie geweckt. Hab dabei die ganze Zeit an die Öko gedacht.
Mein Schädel platzt, brauch dringend 'ne Aspirin, besser gleich zwei. Wieso hab ich bloß angefangen zu saufen, als die Blonde weg war?
Scheiße, es gießt. Und was zieh ich jetzt an? Kein Bock auf Regen, kein Bock auf so viele Klamotten. Könnte die gelbe Jacke von Manu rauskramen. Bisschen dünn für die Jahreszeit, aber cool. Und wasserdicht. Die Kapuze zieh ich eh nicht auf. Was, wenn Stefanie Krause mich mit Kapuze sieht?
Völlig bescheuert. Die Kapuze und der Name. Stefanie Krause. Wahrscheinlich sagen alle Steffi zu der. Ich würd sagen, Süße, bei mir brauchst du kei-

nen Namen, wir zwei verstehen uns auch so.
In die *Mutter* kommt die bestimmt nicht mehr. Und wenn, dann hab ich die Jacke ja nicht mehr an. Da reicht ein T-Shirt. Eins von denen mit den abgeschnittenen Ärmeln. Wegen dem Panther. Vorher noch schnell in die Muckibude. Bisschen Hanteltraining, hochpumpen.
Bin ich eigentlich bekloppt? So eine wie die geht doch nicht abends Bier trinken. Und schon gar nicht in die *Mutter*. Außerdem wohnt die nicht in Braunschweig. Obwohl: Vielleicht kommt sie ja wegen mir. Stille Wasser. Kann man ja nie wissen. Und ich direkt: „n' Abend, Stefanie." So locker. Oder: „Hi, Steffi, 'n Bier?"
Quatsch. Die kommt nicht. Die hat gar keine Zeit. Die seh ich nie wieder. Wieso denk ich überhaupt schon wieder an die? Gefällt die mir, oder was? Und weiter? Muss ich deshalb schon morgens an sie denken? Wenn sie jetzt hier wäre, würd ich mit der schon vor dem Aufstehen. Tu ich eigentlich nie. Sex vor dem Frühstück ist krank. Aber die, die würde ich jetzt hier auf der Stelle. Küssen und alles. Ganzes Programm. Wie komm ich denn darauf? Die will ich echt küssen. Bin ich jetzt auf dem Romantiktrip?
Und wenn sie nicht küssen kann? Rumsabbert wie alle andern, die sein wollen wie die Sorte Blondinen auf Video, die schon die Zunge rausstrecken, wenn man sie nur zu lange anguckt?
Aus. Kommt gar nicht in die Tüte. Könnte ja jede kommen, im Hinterzimmer 'n Vortrag halten und gleich ran! Aber wenn sie jetzt hier wär, würd ich's

drauf ankommen lassen. Die dürfte mich anfassen. Überall. Wie sie will. Ist aber nicht hier und kommt auch nicht her. Weiß ja gar nicht, wo ich bin.
Aber ich weiß, wo die ist. Steht auf dem Plakat, wo die überall labert. Super. Und dann? Soll ich der hinterherfahren? Bloß, weil sie meine Hand angefasst hat? Ich mach mich doch nicht lächerlich. Fahr ja nicht gleich jeder hinterher. Und warum überhaupt? Was will ich eigentlich von der?

Seegras. Wasser. Von der Barfrau geträumt. Wo war das? Am Ufer eines kleinen Sees. Hohe Bäume mit großen, grünen Blättern. Urwald. Wir sind geschwommen und sie hat unter Wasser meine Brüste berührt. Sie hatte wunderschöne Flossen. Flossen?
Ich muss aufhören damit. Aufhören, an sie zu denken. Aber ich sehe immer ihre Hände vor mir. Meine Finger darin. Weich. Warm. So was hab ich noch nie gemacht. Sie hätte ebenso gut anders reagieren können. Aber sie hat mitgespielt. Mein Handgelenk berührt. Und dann ihr Blick. So offen. So verlangend. Für einen Augenblick dachte ich, sie zieht mich gleich an sich. Über den Tresen. Aber so etwas passiert nur in Filmen. Und außerdem: Was hätte Viola gesagt?
Schluss jetzt.
Muss mich auf das Wesentliche konzentrieren. In einer Woche wird es ernst. Ein wenig Angst habe ich schon. Auch wenn die Umfragen gut sind. Aber

ich traue dem Frieden nicht. Ich habe kein gutes Gefühl. Kann mir nicht vorstellen, in die Regierung einzuziehen. Nicht wegen der Partei. Meinetwegen nicht. Als ob es eine Nummer zu groß wäre. Als ob am Sonntag eine Schranke fiele. Aufschrift: *Für Dr. Stefanie Krause geht es hier nicht weiter.* Ich habe es immer nur bis kurz vor den Gipfel geschafft. Die typische Zwei-plus-Kandidatin. Für eine Eins hat es nie gereicht. Und wenn, dann gab es immer einen, der noch ein Sternchen mehr hatte. Ich fürchte mich vor Sonntag. Hoffentlich gibt es kein böses Erwachen.
Heute Abend Hannover, vorher noch Mittagessen mit Brigitte und den Wahlkreisvertretern. Die waren sauer, dass ich mich gestern Abend abgeseilt habe. Gut Wetter machen. Wer weiß, wann ich sie noch brauche. Viola gut gelaunt wie immer, liest mir aus der Zeitung vor.
Was gefällt so einer wie der Barfrau wohl? Bestimmt ganz harte Sachen. S/M. O je. Nicht kompatibel. Kann sie aber nicht vergessen. Muss irgendetwas tun. Muss mit ihr etwas tun. Sie noch einmal berühren. Kann sonst hier nicht wegfahren. Kann mir ihre Brüste vorstellen unter dem T-Shirt. Meine Hände darauflegen. Leicht zudrücken. Sie ansehen. Sie lieben. Ja, lieben. Wild, hemmungslos und vollkommen nackt. Unter freiem Himmel. Umsonst und draußen. Sehr witzig. Ich bin überarbeitet. Fertig. Ausgebrannt. Träume schon von solchen Frauen. Kenne sie doch gar nicht. Wahrscheinlich erinnert sie sich gar nicht mehr an mich.
Muss mich auf das Mittagessen vorbereiten. Hab das Paper oben im Zimmer liegenlassen. Ach nein,

Viola hat es mitgenommen. Wenn ich sie nicht hätte! Sie ist komisch seit gestern. Ob sie etwas ahnt? Ob sie es gesehen hat und nicht wagt, mich darauf anzusprechen? Was würde ich sagen? Lügen? Ich würde ausweichen. „Wie kommst du denn darauf?"
Ob ich noch von dem Rührei? Eigentlich bin ich schon satt. Viel zu schnell gefrühstückt. Aber ich kann mich bei diesen Buffets nie zurückhalten. Lade mir den Teller voll und weiß nicht, was ich zuerst essen soll. Kaffee. Ich trinke noch eine Tasse Kaffee. Oder Tee? Wieso muss ich mir eigentlich immer alles tausendmal überlegen? Warum gebe ich nicht einfach dem ersten Impuls nach und esse, was ich will? Trinke, was ich will? Mache, was ich will? Wieso muss ich immer über alles nachdenken? Andere wissen doch auch, was sie wollen. Greifen einfach zu. Ich nicht. Ich denke immer, ich mache etwas falsch. Tue nicht das Richtige. Suche nach dem Optimum.
Kaffee oder Tee? Kaffee.

Viertel vor zehn. Kann nicht aufhören, an sie zu denken. Sehe überall Panther und blaue Augen. Ob ich statt zum Mittagessen in den Zoo gehe? Gibt es in Braunschweig einen Zoo? Vielleicht schicke ich ihr eine Postkarte mit einem Panther darauf. *Hätte mich gerne packen lassen, eine Jägerin.* Nein, zu offensiv. Lieber: *Hätte gerne dein Fell gestreichelt, eine Verehrerin.* Rilke: *Und hinter tausend Stäben keine Welt.*

Stefanie ist in Gedanken schon wieder bei der nächsten Veranstaltung. Sie ist mit der Partei verheiratet, nicht mit mir. Und ich? Mit wem bin ich verheiratet? Mit meinem Flügel?

Ob sie Klaviermusik mag? Sicher hat ihr noch nie ein Mensch klassische Musik nahe gebracht. Ich könnte ihr eine CD schicken. Wohin denn? Ich weiß ja nicht einmal, wie sie heißt. Besser, ich bringe sie ihr vorbei. Lasse ihr einen Umschlag auf dem Tresen liegen. Etwas Leichtes. Von Brendel gespielt zum Beispiel. Oder eine eigene Aufnahme? Ncin, das wirkt arrogant. Könnte Berührungsängste auslösen. Klassenunterschiede suggerieren. Dabei sind wir uns sicher ganz ähnlich. Im Innern. Passen zueinander. Gerade, weil wir so unterschiedlich sind.

Ich möchte sie kennenlernen, mehr von ihr wissen. Sie verstehen. Ob sie Menschen um sich hat, die sie verstehen? Hätte sie dann eine Tätowierung? Vielleicht stammt sie aus einem anderen Leben. Vielleicht war sie einmal im Gefängnis. Drogenabhängig. In falscher Gesellschaft. Vielleicht braucht sie Hilfe. Eine verständnisvolle, ältere Freundin, die sie umsorgt. Deshalb mag sie mich so lange angesehen haben. Deshalb hat sie möglicherweise mit der Dicken gestritten. Sie wird sie schlecht behandeln. Jede Frau, die ihre Freundin nachts in einer solchen Spelunke arbeiten lässt, behandelt sie schlecht. Das zeugt von Verantwortungslosigkeit. Wahrscheinlich hält die Pantherfrau sie auch noch aus. Pantherfrau. Das klingt geheimnisvoll.

Und Stefanie? Was würde Stefanie dazu sagen, wenn ich mich nicht mehr nur um sie kümmerte?

Haben wir jemals eine Vereinbarung getroffen, wie wir damit umgehen? Wenn eine von uns ein Verhältnis hat? Sollte ich es ihr sagen? Oder sollte ich es ihr verschweigen, um sie nicht unnötig damit zu belasten? Ich würde es wissen wollen. Nichts wäre schmählicher für mich, als hintergangen zu werden. Belogen und betrogen. Das würde ich nicht aushalten. Wenn Stefanie kein Vertrauen zu mir hätte. Denn es ist doch eine Frage des Vertrauens und Teilen-Wollens, einander Gefühle einzugestehen. Auch, wenn sie nicht so angenehm sind. In guten wie in schlechten Zeiten. Sind wir denn im Grunde nicht verheiratet?
Ob Stefanie auch schon darüber nachgedacht hat? Vielleicht betrügt sie mich ja längst und ich merke es nicht. Doch, so etwas merkt man doch als Frau. Ich würde es merken. Ich würde es riechen. Ich würde sofort riechen, wenn sie mit einer anderen geschlafen hätte. Und ich würde verrückt werden. Innerlich. Denn ich würde es mir nicht anmerken lassen. Contenance. Haltung bewahren. Es gibt nichts Schlimmeres als hysterische Frauen.

Punkt, aus, Ende: Muss mit Su die Schicht tauschen. Gleich anrufen, wenn ich hier fertig bin. Geht nicht anders, ist manchmal so. Ich fahr da einfach hin. Hannover, ist ja nicht weit. Stefanie Krause in Hannover. Steht auf dem Plakat. Kann ja jeder hin, ich also auch. Mal sehen, wie sie dann guckt. Werd schon rausfinden, wo das ist, hab ja jetzt das schweinegeile Navigationssystem. War vom Laster gefallen, aber die wollten immer noch ’n Fuffi dafür. Dann hat sich der Schotter wenigstens gelohnt. Babsi gleich: „Das brauchst du nie!“ Jetzt brauch ich’s. Siehste.

Was sag ich Su? Was sag ich Babsi? Was sag ich Steffi? Hannover. Nicht weit von dem Alten. Könnte meinen Alten besuchen. Der ist so breit, der rafft eh nicht, wie lang ich bleib. Also: Der Alte sieht mal wieder weiße Mäuse und ich muss hin. Fahr auf ein Bier vorbei, von wegen nicht lügen und so, und dann Hannover. Um 20.00 Uhr steht auf dem Plakat. Ich komm bisschen später. Soll mich erst später sehen. So mehr zufällig. Der fallen die Augen aus dem Kopf. Die fängt bestimmt an zu stottern. Und ich: cool, total cool. Und zwinker ihr locker zu.

Was zieh ich an? Die gelbe Jacke geht nicht, bin ja kein Papagei. Die Lederjacke. Die Lederjacke kommt immer gut. Und drunter? Weißes T-Shirt? Nee, zu prollig. Das dunkelrote Hemd. Ist das gebügelt? Muss ich im Notfall selber machen, Babsi ist ja nicht da. Auch besser so, muss ich nicht sagen, wohin und wofür. Die fragt eh so viel in letzter Zeit. Also: Lederjacke, Hemd und schwarze Jeans. Die *501* mit Stiefeln. Muss ich die noch putzen?

Mädels aufreißen ist schon auch cool. Lange nicht mehr gemacht. Die letzten kamen immer irgendwie von selbst. Manu, Babsi. Verlernt man so was? Nicht, dass ich da ’ne komische Nummer abzieh. Aber mir fällt schon was ein. „He, wollt mal sehen, was du so treibst“ zum Beispiel. Oder Trick siebzehn: „Du hast gestern was vergessen!“

„Was denn?"
„Mir deine Telefonnummer aufzuschreiben." Das wirkt immer.
Ja, ja, Mann. Ist ja schon gut. Man wird wohl noch mal nachdenken dürfen. Wichser. Das Gestemme bringt dem auch nichts, ist eben 'n Hemd. Der sollte lieber mal was für seine Waden tun, da beißt ja nicht mal ein Dackel freiwillig rein.
So, jetzt noch'n Eiweißdrink Erdbeer und ab unters Solarium. Duschen, anziehen, 'ne Curry an der Frittenbude und ab geht's zu meinem Alten. Der hat bestimmt auch 'n kleines Bierchen für mich. Dass ich den mal freiwillig besuch, hätt ich auch nicht gedacht. Ob der mich noch kennt? Ob der überhaupt noch lebt? Na ja, das hätt ich schon mitbekommen, wenn der über 'n Jordan wär. Und leid tät's mir auch. So was denkt man nicht über seinen Alten, hab ich auch nicht so gemeint. Der ist schon ganz in Ordnung. Bisschen durch'n Wind. Aber harmlos. Dem könnt ich sogar von der Blonden erzählen. Der würd das wahrscheinlich kapieren. Den hat ja die Liebe fertiggemacht.

Stadtauswärts. Weg von ihr. Schrecklich, das Mittagessen mit den Parteileuten. Weiß gar nicht, worüber wir gesprochen haben. War viel zu beschäftigt damit, aus dem Fenster zu schauen. Vielleicht wäre sie ja vorbeigelaufen, Braunschweig ist ja nicht so groß. Das Restaurant betritt sie bestimmt nie. Eine Art Möchtegern-Toskana-Italiener.

Unheimlich teuer, unheimlich wenig auf dem Teller. Viola hat es gefallen. Was habe ich eigentlich gegessen? Ach ja, Gnocchi mit Salbei. Hat nach trockenen Kartoffelklößen geschmeckt, wie es sie bei uns zu Hause Weihnachten zur Ente gab. Die schwammen aber wenigstens in Soße.
Viola liest ein Buch mit Einband. Also etwas Lesbisches. Damit es niemand bemerkt. Es stört sie, dass bei den einschlägigen Verlagen nackte Frauen auf dem Titel abgebildet sind. „Es muss ja nicht jeder sehen, wofür ich mich interessiere." Wusste gar nicht, dass sie sich überhaupt noch dafür interessiert. Vielleicht ist es ja auch etwas anderes. Ich habe ewig nicht mehr gesehen, dass sie Romane liest, in denen es um Frauen geht. Eigentlich habe ich sie schon lange gar nichts mehr lesen sehen.
Wenn sie so da sitzt, fällt mir auf, dass ich sie doch sehr gerne mag. Also liebe. Sie ist schon eine ziemlich tolle Freundin. Wahrscheinlich fühlt sie sich vernachlässigt von mir. Aber ich habe einfach im Moment keinen Kopf für Privates. Ich sollte mehr Interesse zeigen an ihrem Leben. Ich weiß gar nicht mehr, was sie den ganzen Tag über macht. Ich weiß ja nicht einmal, was sie liest! Ob ich sie fragen soll?
Hannover darf nicht so danebengehen wie gestern Braunschweig. Ich werde gleich baden und in der Badewanne das Paper durchgehen. Mich vielleicht mit Viola besprechen wie letztes Wochenende. Das lief sehr gut. Viola ist klug, sie kennt meine Schwächen und sie holt alles aus mir heraus. Eigentlich ein totaler Luxus, eine Beraterin zu haben. Und noch dazu eine, die ich nicht bezahlen

muss. Ist das unfair? Sie sagt, wenn es ihr ums Geld ginge, würde sie sich eine erfolgreichere Politikerin als Opfer suchen. Das ist zwar ein Spaß, aber in jedem Spaß steckt auch ein wenig Ernst. Wäre sie lieber mit einer erfolgreicheren Frau zusammen? Hält sie meine Position nur für Zufall?
Schon wieder, die Barfrau schiebt sich beharrlich zwischen meine Gedanken. Ich kann mir sogar ihre Stimme vorstellen. Tief und ein wenig rau. „Macht fünf zwanzig." Ich habe ihr sechs gegeben. Den leichten Geschmack von Tabak auf den Lippen. Fast bekomme ich Lust auf eine Zigarette. Ich habe vor sieben Jahren die letzte geraucht. Weil Viola wollte, dass ich aufhöre. Meiner Gesundheit wegen. Aber es ging wohl eher darum, dass sie es nicht riechen kann. Sie ist so empfindlich mit Gerüchen. Ich mag es ja manchmal ekelhaft. Oder intensiv. Schweiß zum Beispiel. Die Barfrau riecht bestimmt wunderbar. Wenn sie ihre Muskeln trainiert, im Sommer, schweißdurchnässt. Mich an sie schmiegen, an ihrer nassen Haut entlanggleiten.
Was? Tee?

Vier Seiten in einer Dreiviertelstunde. Lese sie jetzt zum dritten Mal und weiß immer noch nicht, worum es eigentlich geht. Ich bin durcheinander. Die gestrige Begegnung mit der Pantherfrau hat mich vollkommen aufgewühlt.
Natürlich geht es nicht um die Person. So etwas ist doch nur eine Projektion. Es geht um etwas ganz

anderes. Sie hat mich an Begehrlichkeiten erinnert, die ich verschüttet glaubte. Aber es ist nicht wahr. Ich mache mir doch nur vor, dass ich zufrieden und ausgeglichen bin. Mir fehlt so vieles.
Mein Körper ist zu einer Hülle geworden, die Zärtlichkeit vermisst. Ich bin mir selbst fremd geworden, habe mich zurückgezogen. Benehme mich, als wäre ich steinalt. Dabei bin ich im besten Alter! Es gibt sogar Zeitschriften, die das behaupten, und ja, die Frauen, die dort abgebildet sind, sehen gut aus, begehrenswert, lebensfroh. Ich habe nicht annähernd so viele graue Haare wie Gudrun und ich habe Zeit und Geld genug, mich zu pflegen. Es ist nicht mein Aussehen. Mein Problem kommt von innen.
Stefanie beobachtet mich. Was sieht sie? Sie schaut mich an und gibt sich mit meinem Bild zufrieden. Sie fragt mich nichts, sie will nichts mehr von mir wissen. Wir sind einander Spiegel geworden. Das ist nicht gut. Das muss sich ändern. Wir müssen miteinander reden. Aber was soll ich ihr sagen? Dass ich vertrockne? Dass sie mich zu neuem Leben erwecken soll? Das kann man nicht fordern, das kann man sich nur wünschen. Ich will nicht, dass sie mir einen Gefallen tut. Mich liebt, weil ich sie darum gebeten habe. Ich möchte gewollt werden aus freien Stücken.
Die Pantherfrau könnte das vielleicht. Mich lieben aus freien Stücken. Ohne Geschichte, ohne Grund, nur, weil ich da bin. Keine Vergangenheit zwischen uns, nur das Jetzt. Freiheit. Ich bin nicht frei. Ich gehöre zu Stefanie. Aber ich darf ein wenig träumen.

Von Pantherfrauen. Was wäre, wenn ich nicht nachdenken müsste. Wenn ich den nächsten Zug zurück nach Braunschweig nehmen könnte, um auf sie zu warten. Vor dem Lokal. Und wenn sie nicht käme, am nächsten Tag wieder. Bis dahin würde ich jeden Winkel ihrer Stadt erkunden. Sehen wollen, wo sie vielleicht einkauft, spazieren geht, wohnen könnte. Möglich, dass wir uns dabei zufällig begegnen. Und unseren Weg gemeinsam fortsetzen, als wäre es das Normalste von der Welt.
Stefanie ist nervös. Kein Wunder. Heute Abend ist das Fernsehen da. Sie muss überzeugend sein. Besser als gestern. Ich habe sie beruhigt, ihr nicht gesagt, wie katastrophal sie gestern wirklich war. Manchmal ist es besser, nicht ganz die Wahrheit zu sagen. Die Wahrheit verunsichert oft und macht alles noch schlimmer.

Petramaus. Sagt der allen Ernstes Petramaus zu mir. Hat ganz feuchte Augen gekriegt. Meine Fresse, ist der alle. Und stinken tut er auch. Hab erst mal die Fenster aufgerissen. In der Küche sah's aus wie nach 'ner schlechten Party.
Die Putze wär nicht gekommen. Putze?
„Ja, die vom Sozialamt. Die geht auch einkaufen."
Und Essen?
„Kommt auf Rädern."
Wie, auf Rädern?
Wird ihm gebracht, jeden Tag, aber schon um halb elf, da hat er noch keinen Hunger. Ist ja klar,

um halb elf könnt ich auch noch kein Schnitzel. Obwohl – Schnitzel könnt ich immer.
Raucht wie 'n Schlot. Immer noch *Roth-Händle* ohne Filter. Röchelt sich einen ab, aber gleich noch 'ne Kippe drauf. Soll er. Hat ja sonst nichts mehr. Nur die Glotze. Zieht sich alles rein, hört nur noch die Hälfte. Hat sich gefreut, dass ihn wer besucht. Nichts los im Kaff, sagt er. Alles zu, alle pleite. Seine Kumpels kommen manchmal noch. Sagt er. Glaub ich aber nicht. In dem Zustand ist der doch unerträglich. Zittert wie blöd.
Hab bisschen aufgeräumt, saubergemacht, Müll raus und so. Dass er stinkt, hab ich ihm nicht gesagt. Wie soll man seinem Alten so was sagen? Voll peinlich. Außerdem kommt ja eh keiner und ihn stört's nicht. Weißte noch, hat er gesagt und ich hab genickt, obwohl ich nicht wusste. Und dann hat er lauter Zeugs erzählt und geheult und meine Hand genommen und dann hab ich gemerkt, der meint gar nicht mich, der meint Mutti. Hat der voll gedacht, seine Alte hockt vor ihm. Dann bin ich abgehauen. War mir nicht geheuer, der Film. Kriegt der noch 'n Herzkasper und kippt um und ich bin dabei.
Geil, das mit dem Navigationssystem. Messe Hannover. Kein Problem, hat er sofort gefunden. Kein Schimmer, wo das ist, aber da bringt der mich jetzt hin, der süße Kleine. Immer nur den Anweisungen folgen. Echt cool. Doof, dass er nicht auch noch weiß, wo freie Parkplätze sind. Einer, der nichts kostet. Die Kohle spar ich mir. Muss vielleicht später noch Steffi auf 'n Bierchen einladen. Hier ist doch 'ne Lücke auf'm Bürgersteig.

Ist schon nach acht, muss ich nichts mehr einwerfen. Und die drei Meter lauf ich. Steffi labert bestimmt schon. Hoffentlich ist da der Eintritt frei. Scheint ja was Größeres zu sein, wenn das in so 'ner Halle ist. Schwer wichtig, die Süße. Ob ich da überhaupt Chancen hab? Na ja, Manu war ja auch 'ne Diplomierte und ist auf mich abgefahren. Am Anfang jedenfalls. Am Schluss hat sie nur noch gemeckert. Wie Babsi. Dass die einen einfach nicht sein lassen können. Am Anfang stört die nie was und wenn's dann langsam gemütlich wird, fangen die an zu meckern. Ätzend. Wenn Steffi meckert, wird die gleich abgewickelt. Darauf hab ich gar kein Bock. Aber die sieht nicht aus, als würd sie meckern. Sie sieht so aus, als würd sie aufs Bett abfahren. So was seh ich sofort. So 'n gierigen Blick.
Hier geht's rein, ja? Also, dann mal ab in die Arena.

Schlechte Moderation. Ich hasse Podiumsdiskussionen. Den Heini aus dem Wahlkreis hier würde ich schon wegen seines Hemds nicht wählen. Die laufen hier rum, als wäre Woodstock gestern gewesen. Als wären sie noch in ihren Politgruppen an der Uni. Hieß es nicht, wir sollten auf den Modernisierungsfaktor setzen? Außerdem sagt er jetzt schon zum dritten Mal dasselbe. Die Moderatorin müsste ihn unterbrechen. Intervenieren. Unprofessionell. Die Ersten gehen schon. Oder kommen die Letzten? Steht denn da niemand an der Tür, um für Ruhe zu sorgen?

Das gibt's nicht, das gibt's einfach nicht, das kann nicht sein! Das ist die Barfrau. Oder nicht? Doch, das ist sie. Jetzt sieht sie mich an. Grinst.
Hilfe. Die Kameras. Bin bestimmt knallrot. Gleich bin ich dran. Wie war die Frage? Was macht sie hier? Ist sie meinetwegen gekommen? Kann sie es auch nicht vergessen?
Vergessen. Ich hab alles vergessen. Was wollte ich sagen? Konzentrier dich, Dr. Krause, du bist im Regionalfernsehen. Und auf *Phoenix* wahrscheinlich auch. Und nachher in den *Tagesthemen.* Immer lächeln. An den richtigen Stellen betroffen gucken. Gesichtszüge immer unter Kontrolle. Die Leute hier kriegen alles mit. Atmen. Entspannen. Sie setzt sich an den Rand. Damit ich sie besser sehen kann. Sieht noch besser aus als gestern Abend. Gestylter. Breitbeinig. Zieht ihre Lederjacke aus. Ich darf nicht hinsehen. Gott sei Dank hat sie ein Hemd an. Aber darunter sind ihre nackten Arme. Ihre Haut. Bin völlig durcheinander.
Die Energieexpertin hat es auf mich abgesehen. Die grinst schon so dämlich. Hält sich für was Besseres. Weiß noch nicht, was ich weiß. Dass sie vor drei Jahren mit abgelaufenem TÜV am Auto erwischt worden ist. Das knall ich ihr hin, wenn sie mir blöd kommt. Von wegen Umweltschutz und Klimawandel. Erst mal vor der eigenen Haustür kehren. Sprichworte versteht das Volk, ich kann mir die meisten aber gar nicht merken. Oder wenn, dann weiß ich nicht richtig, was sie bedeuten. Das mit der Haustür aber schon. Gab es nicht noch was mit „kehren"? Neue Besen kehren gut?

Was sucht die Barfrau hier? Zufall? Kann ich mir nicht vorstellen. Dann hätte sie sich nicht so schick gemacht. Sie ist meinetwegen hier, ganz klar. Aber weshalb? Will sie etwas von mir? Hat sie sich auch verliebt? Verliebt? Bin ich verrückt? Ich bin nicht verliebt. So schnell geht das nicht.
Mist, jetzt hab ich nicht gehört, was der Trottel von den Neoliberalen gesagt hat. Bestimmt was mit freier Marktwirtschaft und selbstständiger Regulierung durch Angebot und Nachfrage und wie toll für uns alle die Globalisierung sei. Gleich bin ich an der Reihe. Muss besser zuhören. Darf meinen Einsatz nicht verpassen. Merkt jemand, wie nervös ich bin? Merkt Viola, wie nervös ich bin?
Viola. Muss mich auf Viola in der ersten Reihe konzentrieren, als Fixpunkt. Viola? Viola ist weg. Wo ist Viola?
Verdammt, ich bin dran.

Vergessen wollte ich sie! Aber sie lässt es nicht zu. Ich wusste es. Ich habe es schon gespürt, als sie den Saal betreten hat. Sie ist gekommen. Den weiten Weg von Braunschweig. Hat sich frei genommen, obwohl sie auf den schlecht bezahlten Job sicher angewiesen ist. Sie braucht eine andere Arbeit. Das ist erst mal das Wichtigste. Nein, das Wichtigste ist, dass wir uns begegnen. Hat sie gesehen, dass ich ins Foyer gegangen bin? Wie sie sich zurechtgemacht hat. Bezaubernd. Bestimmt, um mir zu gefallen.

Wie sehe ich aus? Sitzt meine Frisur noch? Ich hätte etwas weniger Elegantes anziehen sollen. Möchte sie ja nicht verschrecken mit dem teuren Kostüm. Muss mich frisch machen. Wo sind denn hier die Toiletten? Stefanie wird mich sicher vermissen, aber es gibt Prioritäten. Ich habe mich lange genug zurückgehalten. Ich habe auch Bedürfnisse.
Du lieber Himmel! Ich sehe ja aus wie eine Vogelscheuche! Besser, ich trage die Haare offen. Sieht wilder aus. Erotischer. Weg mit dem Lippenstift. Schon besser. Die Podiumsdiskussion dauert noch mindestens eine halbe Stunde. Wie soll ich das bloß aushalten? Werde an ihr vorbei zu meinem Platz gehen und sie anlächeln. Damit sie weiß, dass ich alles weiß. Einen Zettel zustecken? *Warte draußen auf dich*. Nein, das ist zu auffällig. Stefanie darf nichts merken, das wäre schlecht für ihre Bühnenpräsenz. Ich warte auf das Ende. Danach wird Stefanie sofort von Journalisten in Beschlag genommen. Dann kann ich mich ihr nähern, meiner Pantherfrau. Ihre Hand nehmen. Mit ihr fliehen aus dem Käfig.
Meine Güte, bin ich aufgeregt! Mein Puls rast. Ich weiß nicht, ob mich eine Frau jemals so aus der Fassung gebracht hat. Vielleicht, weil ich es gar nicht glauben kann. Dass sie meinetwegen hier ist. Oder weil ich nicht weiß, wie ich mich ihr gegenüber verhalten soll? Ich war noch nie mit einer Frau ihrer Schicht zusammen. Habe keinerlei Erfahrung in dieser Hinsicht. Ich weiß nicht, was ihr gefallen könnte, wonach sie sich sehnt. Was sie von mir will. Geborgenheit? Sicherheit? Zärtlichkeit? Wollust? Leidenschaft?

Wie erkläre ich es Stefanie? Kann ich sie überhaupt in einem Moment wie diesem mit den Tatsachen konfrontieren? Ich würde mir nie verzeihen, wenn sie meinetwegen in den letzten Tagen des Wahlkampfs abbaut. Das könnte ich nicht verantworten. Keine Irritationen bis Sonntag. Danach bin ich frei zu tun, was ich will.
„Wir müssen noch ein wenig warten. Nur ein paar Tage.“ Das wird die Pantherfrau sicher verstehen. Ich verspreche ihr, am Montag nach Braunschweig zu kommen. Stefanie wird begreifen, dass ich nach der ganzen anstrengenden Zeit eine Ruhepause brauche. Zeit für mich.
Wenn sie in die Regierung kommen, wird Stefanie noch weniger Zeit für mich haben. Dann ist sie wahrscheinlich froh, wenn ich beschäftigt bin und sie nicht behellige. Und wenn sie verlieren – nun, daran will ich gar nicht denken. Dann ist Stefanie am Boden zerstört und braucht mich mehr denn je. Vielleicht sollte ich sie doch wählen?

Periphere Energieversorgung? Raff ich nicht, was die da labern. Grottenlangweilig. Irgendwas über Strom. Mir doch egal, solange der aus der Steckdose kommt. Na ja. Ist eben ’ne Klugscheißerin, die Kleine. Niedlich, wie nervös die ist. Hat mich natürlich sofort gesehen, alles paletti. Jetzt nur noch warten, bis sie da vorn fertig ist. Dann zu ihr gehen. Einziges Problem: Die Vogelscheuche ist auch da. Hat mich gesehen, war

geschockt. Musste sofort raus. Tja, da muss sie jetzt durch. Sind eben leicht aus der Fassung zu bringen, die Mädels.
Ich cool. Neben mir so 'n Öko-Weichei. Könnte auch mal 'n Deo benutzen. Das ist kein Hemd, was der da anhat, das ist ein Lappen. Außerdem trägt der keine Socken in den Sandalen. Eklig, was der für Fußnägel hat! Wenn ich 'n Typ wär, ich würd nicht freiwillig so rumlaufen. Ich hätt geile Mafiaklamotten, so 'n Streifenanzug, enges Hemd, Manschettenknöpfe, spitze Schuhe, Krawatte, das ganze Programm. Dreitagebart und Rasierwasser von *CK*.
Da kommt die Vogelscheuche wieder. Wieso zwinkert die mir denn zu? Ist die bescheuert? Sieht ganz anders aus. Als käm sie gerade aus der Kiste. War die mal eben 'ne Runde poppen? Mit wem denn? Macht die's mit 'ner andern, wenn Steffi am Quatschen ist? Hat die das gestern auch gemacht? Clever. Aber Steffi ist süßer, knackiger. Und wenn die im Bett weitersülzt? Kann ich gar nicht gut haben. Sex ist Sex und Labern ist Labern. So 'n bisschen Text, zum Antörnen, klar, schon geil.
Aber erst mal: In welcher Kiste? Die krieg ich nirgends hin, so wie's aussieht. Das hier ist 'n anderes Kaliber als in der *Mutter*. Schwer wichtig, die Fuzzis. Den einen kenn ich aus'm Fernsehen. Ist das 'n Minister oder so was? Das hier dauert bestimmt noch hundert Jahre. Und dann, wenn's fertig ist? Blöde Idee. Bin ich eigentlich bekloppt? Was 'n Aufriss. Bloß, weil die mich kurz mal angefasst hat. War aber richtig scharf. Ging mir durch und

durch. Hab ich selten. Jetzt erst mal locker bleiben. Wird schon.
Also hat Steffi was mit der Vogelscheuche. Wahrscheinlich verheiratet. Hat mir gerade noch gefehlt. So 'n Eheglück. Vielleicht besser die Segel streichen? Will ja niemanden unglücklich machen. Braut ist Braut, aber wenn die in festen Händen ist, ist das gegen die Ehre. Oder will die Vogelscheuche, dass ich mit Steffi? Ist die pervers? Törnt die das an? Ich sag ja, die Studierten spinnen. Immer alles kompliziert machen.
So, jetzt ist es wohl vorbei oder warum applaudieren die alle? Aha, Händeschütteln, aufstehen, Schluss. Endlich. Müsste mal eine rauchen. Bleib aber lieber sitzen. Nachher ist Steffi weg, wenn ich wiederkomme, und ich bin umsonst nach Hannover gefahren. Stehen auf einmal so viele Leute da vorne rum. Gar nicht so leicht, an Steffi ranzukommen.
Da ist auch die Vogelscheuche wieder. Was glotzt die mich schon wieder so an?

Schnell runter von der Bühne. Geschafft. Keine Minute länger. Ich habe mich im Griff. Habe mich immer im Griff. Jetzt Interviews. Wartet die Barfrau auf mich? Kann ich nicht einfach verschwinden? Nein, unmöglich. Muss Stellung nehmen zu dem Skandal von letzter Woche. Was ich davon halte, dass Schneider sein Amt niedergelegt hat. Am liebsten sagen: Ein fauler Hund ist das. Immer schon gewesen. Der hat keine

Lust auf Probleme. Sich jahrelang durchlavieren und Diäten kassieren und wenn es schwierig wird: Tschüss! Aber nein. Muss an unsere Ziele denken. Großes Bedauern vortäuschen. Da kommen die Pressegeier schon.
Was ist denn mit Viola los? Sie sieht ja aus, als wäre sie in den Regen gekommen! War sie draußen? Warum? Die Barfrau sitzt immer noch da. Ein Glück. Darf sie nicht aus den Augen verlieren. Soll ich ihr winken? Dann kommt das am Ende noch im Fernsehen. Bloß nicht. Hoffentlich geht sie jetzt nicht einfach, kann hier nicht weg.
Wie war die Frage? Muss mich konzentrieren. Schneider. Zurückgetreten. Wo ist die Barfrau? Kann sie nicht mehr sehen, da stehen so viele Leute! Gott sei Dank, sie ist noch da. Jetzt kommt das Fernsehen. Arme unten lassen, wegen der Schweißflecken. Die ach so nette Kollegin Kleinschmidt. Blöde Kuh. Redet hinter meinem Rücken schlecht über mich. Denkt, ich wüsste es nicht. Lächeln. Händeschütteln. Friede Freude Eierkuchen.
Geht doch mal zur Seite, ihr Deppen! Los, verschwindet da! Ich kann die Barfrau nicht mehr sehen! Wie bitte? Die Pipeline? Welche Pipeline? Themawechsel. Ganz schnell, Themawechsel. Über erneuerbare Energien reden, die ganze Predigt. Die Fernsehzeit nutzen. In die Kamera schauen. Kluge Dinge sagen, irgendwas. Entschieden wirken, tatkräftig. Du willst in die Regierung, Krause.
Sie ist noch da. Viola auch. Was mache ich eigentlich gleich, wenn das hier vorbei ist? Die Barfrau und Viola – wie soll das gehen? Was hat

die Kleinschmidt gesagt? Sie ist scharf auf einen Ministerposten? Ist ja allerhand! Da muss ich dazwischen, sofort. Immer schön lächeln. Nichts anmerken lassen. Meine Sachen sagen. Das letzte Wort haben. Ganz wichtig: Das letzte Wort haben. So, jetzt noch ein paar Fotos mit allen, Shakehands, was macht denn Brigitte hier? War die hier vorgesehen? Passt mir jetzt gar nicht. Andererseits, ich könnte sie bitten, Viola einen Moment zu beschäftigen. Freundschaftsdienst. Begründung lass ich mir später einfallen. Dann könnte ich kurz mit der Barfrau sprechen, ich kann sie doch nicht einfach so gehen lassen, jetzt, wo sie hier ist. Aber Viola kann Brigitte ja nicht leiden. Egal. „Du musst jetzt unbedingt fünf Minuten Viola ablenken. Frag sie was, irgendwas. Das ist lebenswichtig. Warum, erklär ich dir später. Bitte!" Ja, so sag ich das Brigitte, dann wird sie es schon machen. Und dann mit der Barfrau reden, aber was? Ich muss wissen, wie sie heißt, ihre Adresse herausfinden. Nein, ich weiß etwas Besseres! Aber erst mal zu ihr gelangen. Ich muss sie aufhalten, bevor sie wieder verschwindet, ich muss, ich muss, ich muss einfach!

Viel schlimmer kann es nicht kommen: Augerechnet jetzt ist die Plage namens Brigitte schon wieder da! Winkt mir. Zurückwinken. Ich hatte gehofft, sie bliebe mir heute Abend erspart. Außerdem stört sie meine zarten Bande mit der Pantherfrau.

Vorhin habe ich ihr ein Zeichen gegeben, von allen anderen unbemerkt. Der riesige Saal voller Menschen, wir sahen uns an, niemandem fiel dieser wundervolle Zauber des Augenblicks auf. Nur wir spürten ihn. Nur sie allein konnte es verstehen. Sie leuchtete geradezu, aus allen heraus. Die Pantherfrau und mich, uns verbindet etwas, jetzt weiß ich es sicher. Aber ich muss noch warten. Bis Sonntag. Noch eine ganze Woche!

Wie schwer das Warten doch manchmal fällt, wie unerträglich es sein kann, es kann daraus eine Ewigkeit entstehen. Andererseits – es ist doch nur noch eine Woche, eine kurze Woche, einige wenige Tage. Sie werden schnell vergehen, wenn ich daran denke, was danach kommt: Viel Zeit, um einander kennenzulernen. Dann können wir langsam und behutsam zueinanderfinden. Das halten wir aus, die Pantherfrau und ich.

Dieses Theater hier, all diese Menschen, die Kameras, der laute Trubel, was ist das alles gegen diesen einen Moment der Stille, als unsere Blicke sich trafen? Wie schnell verschwindet die Welt um uns herum. *Was ist alles, was in Jahrtausenden die Menschen taten und dachten, gegen einen Augenblick der Liebe?* Hölderlin. Eines Tages werde ich ihr daraus vorlesen.

Brigitte kommt auf mich zu. Was will sie denn jetzt von mir? Bitte kein Gespräch! Was? Ich soll ihr helfen, etwas aus dem Auto zu holen? Ist sie verrückt? Kann sie nicht jemand anderen fragen? Bin ich hier das Mädchen für alles? Contenance. Sind nur ein paar Schritte? Jeder Schritt von hier fort ist einer zu viel, weg von meiner Angebeteten. Noch sitzt sie

da. Wartet sie darauf, dass ich mich ihr nähere? Ich kann nicht. Noch nicht. Aber ich will hier bleiben, spüren, dass sie im Raum ist, spüren, dass wir beieinander sind.
Brigitte lässt nicht locker. Unsensible Nervensäge. Aber man ist ja gut erzogen.
Ich werfe der Pantherfrau noch einen langen Blick zu. Bin gleich wieder zurück, du zauberhaftes Wesen!

Paletti, die Vogelscheuche zieht Leine. Jetzt oder nie. Muss da jetzt hin. Saublöde Situation. Wie sieht das denn aus? Anstehen für Steffi. Aber sonst war die ganze Fahrt umsonst. Bei dem Spritpreis. Ist schon wieder schweineteuer, ist wohl gerade wieder 'ne Ölkrise oder so was. Haben die doch auch drüber gelabert. Das wäre ja mal was, wenn die den Sprit billiger machen würden. Dann würd ich die glatt wählen.
Muss da jetzt hin. Und dann? Könnt mir so 'n Autogramm von Steffi geben lassen. Hat da eben auch eine gemacht. Voll affig, aber sonst komm ich überhaupt nicht an die ran. Genau, das mach ich. Ich steh auf und geh da hin, geh einfach direkt auf sie zu, total locker, und sag: „Hier, ich hätt da gern so 'ne Unterschrift von dir." Oder soll ich „Sie" sagen? Also gut, geht ja auch: „Ich hätt da gern so 'n Autogramm von Ihnen." Quatsch. Ich sag doch nicht „Sie" zu der. Klingt ja, als wär die 'ne alte Schachtel. „Ich hätt gern was von dir da drauf." Ja,

das ist gut. Aber wo drauf? Na, soll sie sich selbst überlegen. Oder muss man da so was mitbringen, wie bei Popstars? Ist die so berühmt? Oder soll ich sie was zum Sprit fragen? Besser lassen. Das versteht die dann noch falsch und bequatscht mich. Das mit dem Autogramm ist okay. Da hab ich auch was in der Hand, da kann die mich noch mal anfassen.
Mach ich hier eigentlich den Heinz? Was ist, wenn ich mir das alles nur einbilde, wenn die mich gar nicht mehr kennt? Ihre Bewacher ruft, weil sie Schiss kriegt? Aber dann hätte die nicht so geguckt, als sie mich gesehen hat. Also jetzt mal locker bleiben.
Was hat denn der da für 'ne Karte? So 'ne mit 'nem Spruch drauf. Liegen da vorne rum. Da hol ich mir eine. Steffi guckt schon. Siehste, die kennt mich noch. Hat's geschnallt. Was steht da drauf? *Wir sind schon immer anders gewesen!* Das ist gut, die nehm ich. Wieso anders? Wer ist anders? Versteh ich zwar nicht, ist aber auch egal. Hauptsache, ich hab was in der Hand und sie kann was schreiben. So 'n Bleistift nehm ich auch mit. Ist ja 'n bisschen krass, das Ganze hier. Aber sieht mich ja keiner. Ich kenn hier niemanden. Hundertpro. Außer der Vogelscheuche, die ist ja draußen. Muss mich beeilen, bevor die wiederkommt. Sonst macht die noch Terz. Oder labert mich an.
So. Jetzt macht mal Platz Jungs, für Petramaus. Die muss mit der Chefin jetzt mal zwei Takte reden.

Sie kommt. Geradewegs auf mich zu. Was mach ich jetzt? Sie als alte Bekannte begrüßen? Oder so tun, als ob ich sie noch nie gesehen hätte? Was hat sie denn in der Hand? Eine Postkarte von uns. O je. Sie grinst. Ein Autogramm? Sie will ein Autogramm? Wie soll ich ihr dann bloß meine Visitenkarte geben? Ich tu einfach so, als ob ich sie kenne, dann kann ich mit ihr an die Seite gehen. An den Tisch, zum Schreiben. Wo ist Viola? Noch weg. Brigitte ist ein Schatz!
Sie riecht gut. Das Parfum kenne ich. Das benutzt Bernd auch. Wie groß sie ist! Was soll ich jetzt schreiben? Sieht mich hier jemand? Schaut mir irgendwer über die Schulter? Nein, nur sie. Also: *Schön, dass du da warst. Ab Dienstag bin ich wieder in Berlin: 0170-2396534. S.* Soll ich das wirklich machen? Die Nummer meines Privathandys? Goldene Regel. Nie die Privatnummer. Aber es geht nur die. Alles andere bekommt Viola mit.
Jetzt die Visitenkarte oben drauf legen. Falls sie mich anmailen will. Ob sie überhaupt E-Mails schreibt? Ich muss was sagen, irgendwas Unverfängliches. Ob ihr der Vortrag gefallen hat? Sie grinst. Nickt. Hält die Karte fest und meine Hand. Mist, die Visitenkarte ist hinuntergefallen. Soll ich drauftreten? Nein, sie hat sie schon gesehen. Bückt sich, hebt sie auf. Mir zu Füßen. Schaut kurz hoch. Grinst immer noch. Steht auf, sieht an mir hoch, ein Lufthauch zwischen meinen Beinen. Gott, sie macht mich verrückt, ohne mich überhaupt zu berühren. Wie sie da vor mir steht: Breitbeinig, provozierend. Als würde sie mich herausfordern

wollen. Gleich wird sie gehen. Nicht gehen, nein. Noch nicht gehen, bitte. Ich muss sie zurückhalten. Nur noch einen Moment.

„Sehe ich dich wieder?" Meine Stimme klingt wie ein Reibeisen. Bin ich übergeschnappt? Wenn das jemand hört! Hört aber niemand, sind alle mit sich selbst beschäftigt. Sie nickt. Zwinkert mir zu. Verdammt, ich erröte, ich spüre es. Wieso denn das jetzt? Sie grinst schon wieder. Hände in den Taschen. Jetzt geht sie. Schlendert zum Ausgang, ohne sich noch einmal umzusehen. Breite Schultern, sportlicher Gang. Sieh hin, Krause, das ist sie, die fremde Frau. Anders, als du sie dir vorgestellt hast, aber sie ist es.

Da kommt Viola zurück. Warum hat sie es so eilig? Sucht sie was? Mich? Ist doch klar, wo ich bin, wo soll ich schon sein? Sie ist schlecht gelaunt. Hat diesen grimmigen Blick. Wahrscheinlich wegen Brigitte. Jetzt geht sie wieder raus. Die Barfrau ist auch draußen. Ob sie mich anruft? Mir eine SMS schickt? Und wenn nicht? Ich hab nicht mal ihre Nummer! Wieso hab ich sie nicht nach ihrer Nummer gefragt? Und ich weiß immer noch nicht, wie sie heißt! Herrgott, wo war ich bloß gerade mit meinen Gedanken?

Verlassen! Sie hat mich verlassen, ich habe es befürchtet! Natürlich ist sie gegangen. Dachte am Ende, ich käme nicht mehr zurück. Ob sie noch im Foyer ist? Draußen? Nein, da hätte ich sie gesehen. Und alles nur wegen dieser fürchterlichen Brigitte, die keine zwei Kistchen alleine tragen kann. Rückenprobleme! Die Probleme möchte ich haben. Soll sie sich eben mehr bewegen. Hätte sie bei der Figur auch bitter nötig.

Muss mich zusammenreißen. Darf mir nichts anmerken lassen, Stefanie wird sich schon wundern, wo ich bleibe. Muss meine Haare in Ordnung bringen. Vielleicht ist die Panterfrau auf der Toilette. Obwohl das kein schöner Ort wäre, uns zum ersten Mal alleine zu begegnen.

Du lieber Himmel, ist es hier voll. Jetzt sind natürlich alle da. Ich hasse es, an Toiletten anzustehen. Außerdem kann ich unmöglich hier vor allen meine Haare richten. Draußen ist eine Garderobe, dort wird es einen Spiegel geben. Vielleicht kann ich mich da ein wenig zurechtmachen. Die Pantherfrau ist sowieso nicht hier. Ihr liegen so öffentliche, überlaufene Orte sicher auch nicht. Wahrscheinlich ist sie schon wieder auf dem Weg nach Braunschweig. Wird am Ende noch arbeiten müssen. Trinkt vielleicht an einer Raststätte einen Kaffee und macht sich frisch.

Gibt es zwischen Braunschweig und Hannover überhaupt eine Raststätte?

Hätte ich sie ansprechen sollen? Ist das ein Moment, den man eine verpasste Gelegenheit nennt? Ein Augenblick, der nie wiederkehrt? Nein. Wir haben uns erkannt. Das ist wesentlich, davon werden wir zehren. Jede für sich, in Gedanken und voller Sehnsucht nach einem Wiedersehen. Hier ist ein Spiegel. Ich sollte die Haare wieder öfter offen

tragen. Erst einmal wieder Lippenstift auflegen für Stefanie. Sie mag das. Ich glaube, es kommt ihr sehr weiblich vor. Überhaupt schätzt sie das Weibliche. Mir gefällt eher das Burschikose.
Wie verführerisch die Pantherfrau in ihrer Lederjacke aussah! Und auch das Hemd, perfekt gebügelt und in Form. Ob sie es selbst macht? Oder die Pummelige, die sich mit ihr gestritten hat? Ach, es gibt so vieles, was ich noch nicht weiß. So viel, das es noch zu entdecken gibt.
Da läuft schon wieder Brigitte. Werde mich hinter den Mänteln verschanzen, bis sie vorbei ist. Stefanie suchen gehen. Sie beruhigen, sie ist sicher sehr nervös und möchte wissen, wie es gelaufen ist. Eigentlich weiß ich das gar nicht, ich habe die Podiumsdiskussion nur mit halbem Ohr verfolgt. Aber Stefanie war souverän. Ich hätte Unsicherheiten auch so bemerkt. Nein, es ist alles wunderbar gelaufen. Meine Güte, bin ich froh, wenn Sonntag ist. Ab Sonntag beginnt mein neues Leben!

Preise sind das, echt die Härte! Abzockerei ohne Ende! Die nehmen's von den Lebenden. Blöder Spruch. Von wem sollen sie's denn sonst nehmen? Von Mutti? Und dann sagen, der Scheich ist schuld. Kann man ja mit dem Benzinkanister hinter der Karre herlaufen bei dem Literpreis. Nehm ich trotzdem noch was zu beißen mit. Oder ess ich hier 'n Würstchen? Ja, ich ess das hier, sonst ist das nur noch lauwarm und bröseln

tut's auch im Auto, kann ich nicht leiden. Finde ich gut, das mit den Imbissen an der Tanke.
Seh ich komisch aus oder was? Wieso glotzt der so doof? Ist sonst nichts los in Hannover? Typen!
Ist doch alles super gelaufen. Steffi voll angesprungen. Ob ich ihr 'ne SMS schreibe? Jetzt schon? Und was? Lieber noch warten. Bisschen zappeln lassen. Aber wie lange? Und wofür überhaupt? Wenn die denkt, ich komm nach Berlin, hat die sich geschnitten! Bin ich Krösus? Hab ich Zeit? Soll die doch nach Braunschweig kommen. Auch blöd. Da kennt mich jede Sau, da kann ich nirgends mit der hin. Und im Auto ist nur halb so schön. Außerdem sind die Liegesitze kaputt. Die hat bestimmt 'n geiles Schiff. Damit kann sie ja kommen. Dann sehen wir weiter. Überhaupt hat die bestimmt Schotter.
Ob ich noch 'n Würstchen? Sind billig. Ob ich auch 'n Bierchen dazu? Eins darf man ja wohl beim Fahren. Kinderkram.
Könnt ja trotzdem mal was schreiben. Aber was? Ob die auf Anmache steht?
Will dich nackt. Quatsch, das ist zu krass. *Denk an dich.* Schon besser, aber bisschen dröge. Fehlt noch was. *Denk an dich. Will dich ausziehen.* Zu soft. *Denk an dich. Zieh dich aus.* Das ist gut. Da weiß man nämlich nicht, ob das jetzt heißen soll, dass ich sie auszieh oder dass sie's machen soll. Das ist perfekt. Jetzt mal die Nummer suchen, wo ist denn die Karte?
Schön, dass du da warst. Romantisch, die Kleine. Nummer gleich einspeichern. SK. Was steht da auf dem Kärtchen? Bundestagsabgeordnete. Voll wichtig also. Ob ich die wähl? Nee, muss ich nicht.

Merkt die ja gar nicht. Abschicken? Abschicken. Mal gucken, was passiert.

SMS! Es hat vibriert. Muss sofort aufs Klo, nachsehen. Nein, zuerst die Pizza essen, das sieht sonst komisch aus. Als hätte ich Verdauungsprobleme. Essstörungen. So hat sich Viola Brigitte gegenüber noch nie verhalten. So unfreundlich. Lässt sie völlig links liegen. Was hat sie bloß gemacht?
Bin aufgeregt. Angetrunken. Zwei Bier auf nüchternen Magen, aber ich musste mir einfach etwas einverleiben. Statt ihrer. Wäre jetzt lieber im Hotel. Alleine. Nein, mit der Barfrau. Ich bin erregt. Der Gedanke, später neben Viola zu liegen, ist mir unerträglich. Als ob ich sie mit jedem Atemzug betrügen würde. Kann nicht aufhören, an die Barfrau zu denken. Spüre ihre Hände förmlich auf mir, ihre Lippen auf meinem Mund. Was? Nein, danke, bloß nichts mehr zu trinken. Ja, ich bin müde. Nein, ich bin natürlich nicht müde. Wenn ihr wüsstet, wie wach ich bin. Wach und erregt. Erregt? Ja. Ich hatte völlig vergessen, wie es sich anfühlt. Will, dass sie jetzt dort draußen im Gang auf mich wartet und es mir im Stehen macht. Es mir macht? Was denke ich für Dinge? Sieht man mir das an? Bestimmt bin ich ganz rot im Gesicht.
Kann nicht mehr weiteressen, mir wird schlecht. Hab keinen Hunger. Keinen Appetit. Nur Lust. Unbändige Lust. Steh jetzt auf und geh aufs Klo.

Ganz besonnen, nur nicht übereilt. Fällt niemandem auf. Dr. Stefanie Krause geht wie alle Menschen nach dem Essen auf die Toilette.
Puh. Anlehnen. Meine Hände zittern, das darf ja wohl nicht wahr sein. Unbekannte Nummer. Das könnte sie sein! *Denk an dich. Zieh dich aus.* Hilfe! Mein Unterleib explodiert. Ich will sofort zu ihr. Hoffentlich ist sie noch da. *Wo bist du?*
Bitte, komm schon, antworte mir! Muss die Nummer speichern. O je. Woher weiß ich überhaupt, dass sie es ist? Und wenn mir jemand einen Streich spielt? Ich bin unvorsichtig. Ich sollte das hier alles nicht tun. Sonntag. Am Sonntag ist Wahl und ich stehe angetrunken in einer Damentoilette und antworte auf pornografische Kurznachrichten!
Tankstelle. Auto. Liegesitze. Schade, dass du nicht da bist.
Sie ist es, sie muss es sein. Und wenn nicht? Wie finde ich es heraus? Einen Beweis. Ich brauche einen Beweis, dass sie es ist. Eine Frage. Etwas, was nur sie und ich wissen. Gibt es so etwas? Ja! Die Karte.
Was steht auf der Postkarte?
Wenn jetzt nichts kommt, ist sie es nicht. Das wäre katastrophal. Ein Stalker auf meiner Privatnummer! Herrje, dauert das lange! Wenn sie keinen Empfang hat? In einem Tunnel ist? Aber, nein, sie ist ja an einer Tankstelle. Wenn das mal stimmt! Vielleicht bin ich schon lange im Internet und die halbe Republik lacht über mich. O je. Gar nicht daran denken. Jetzt! Es vibriert!
Schön, dass du da warst.
Sie ist es! Gott sei Dank! Sie ist es tatsächlich.

Sofort antworten. Nur die Verbindung nicht abreißen lassen.

Dann zieh mich aus. Jetzt. Wie heißt du? Senden.

Aufregend. Das ist das Aufregendste, was ich in den letzten Jahren gemacht habe. Vielleicht sogar in meinem ganzen Leben.

Ausgezogen. Was soll ich jetzt machen? P.

P. Paula? Petra? Patrizia?

Küss mich. Berühr mich. Überall.

Bin ich noch zu retten? Sie muss ja denken, ich denke nur an das eine!

„Stefanie? Alles in Ordnung?"

O Gott, das ist Viola. Handy weg. Spülung drücken. Bin schon zu lange hier drin. „Ja, alles in Ordnung, komme gleich." Das halte ich nicht aus. Muss P. noch schreiben, dass ich nicht mehr schreiben kann. Aber dass ich sie will. Ihr schon verfallen bin. Es nicht mehr lange aushalte.

Vernachlässige ich Stefanie? Vielleicht hätte ich heute besser auf sie aufpassen sollen. Nur weil ich der Pantherfrau begegnet bin, darf ich sie jetzt nicht im Stich lassen! Das wäre einfach nicht richtig. Nein, ich muss mich zusammennehmen. Langsam geht Stefanie der ganze Stress an die Substanz, schlägt ihr auf den Magen. Sie hat sogar nur die Hälfte ihrer Pizza gegessen. Das ist noch nie vorgekommen. Und sie trinkt zu viel. Das ist schlecht. Ich werde sie heute Abend ein wenig massieren, wenn wir im Hotel sind. Das

entspannt sie meistens. Jetzt müssen wir erst einmal die ganzen Parteifreunde hier loswerden. Sie dürfen Stefanie die Erschöpfung aber nicht anmerken. Vielleicht sollte ich Kopfschmerzen vortäuschen?
Manchmal frage ich mich auch, ob ich zu behütend bin. Over-protecting. Aber vorhin auf der Toilette sah Stefanie ganz abgekämpft aus. Sie sollte dringend ihren Blutdruck untersuchen lassen, so rot, wie sie im Gesicht war. Es wäre kein Wunder, wenn der viele Kaffee, den sie Tag für Tag trinkt, und der wenige Schlaf Spuren hinterlassen hätten. Ich mache mir Sorgen um sie. Hoffentlich klappt sie mir nicht zusammen bis Sonntag.
Ob die Pantherfrau wieder sicher in Braunschweig angekommen ist? Man macht sich einfach immer Sorgen um die Menschen, die man liebt. Nein, das ist jetzt übertrieben, oder? Wie kann ich es Liebe nennen, wo wir doch noch kein einziges Wort miteinander gewechselt haben? Aber ist das nicht ganz anderen schon passiert? Goethe? Kleist? Erkannten sie ihre Musen nicht auch auf den ersten Blick? Lebte die Liebe zwischen Vita Sackville-West und Virginia Woolf nicht auch nur auf Papier? In Gedanken und von geheimen Sehnsüchten? Und war sie deshalb weniger leidenschaftlich und tief?
Gut, dass wir gehen, Stefanie muss ins Bett. Sie ist nervös. Was hat sie denn nur dauernd mit ihrem Handy? Steckt es zerstreut von einer Tasche in die andere. Jetzt hätte sie fast noch ihre Jacke vergessen! Brigitte will etwas von ihr. Was tuscheln sie denn da? Gibt es etwas, das ich nicht hören soll? Wahrscheinlich redet Brigitte wieder schlecht über

mich. Dabei habe ich ihr sogar in einem ganz und gar unpassenden Moment beim Ausladen geholfen. Undankbares Geschöpf. Wäre ich weniger zuvorkommend gewesen, wäre die Pantherfrau nicht grußlos gegangen.

Wenn Stefanie das nächste Mal Brigitte einlädt, verabrede ich mich mit Gudrun. Oder mit der Pantherfrau? Das wäre eine gute Gelegenheit. Brigitte bleibt immer lange und ich könnte schon am Nachmittag nach Braunschweig fahren. Mit dem ICE, erster Klasse. Ein heimlicher Ausflug in die Löwenstadt zu meiner Pantherfrau. Was sie wohl für ein Sternzeichen ist?

Aber natürlich habe ich ein Taxi bestellt. Es muss gleich kommen. Wenn Stefanie ein Dienstwagen zustünde, wären wir schon unterwegs. Vielleicht ändert sich das ja, wenn sie in die Regierung einzieht. Ich wünsche es ihr. Wirklich. Aber ich glaube nicht daran.

Probleme. Melde mich später wieder. Hör bloß nicht auf. S.

Hat ihr wohl die Vogelscheuche dazwischengefunkt. Aufhören? Was denkt die denn? Ich hab ja nicht mal angefangen. Geht ganz schön ran, die Politikerbraut. Dachte die, ich bin wer anders? Hat die in jeder Stadt 'ne andere? Kann die sich ja leisten. Sieht gut aus, hat Schotter und ist wichtig. Ist mir aber egal. Ich find ihre Hände geil. Wie die mich anfasst, schon irre. Nur 'n bisschen und das haut

mich schon um. Wie die wohl im Bett ist? Nach der SMS voll drauf. Hab ich mir ja gedacht. Die hat es faustdick hinter den Ohren. Vornerum so 'ne Labertussi und hintenrum so 'ne Wilde.
Ob ich noch mal in die *Mutter* geh, Bierchen zischen? Ist noch früh, könnt Su zu ihrem Typen gehen und ich noch zwei Stündchen reißen. Und ich könnt Babsi sagen, ich hätt gearbeitet. Die hab ich auch auf'm Handy. Sie wär um elf da. Jetzt ist es halb elf. Lieber in die *Mutter*. Auf Babsi kann ich jetzt nicht. Auf Steffi könnt ich jetzt. Jawoll. Mit der würd ich mich jetzt gern bisschen rumwälzen. Irgendwie komisch. Die will ich gar nicht richtig knallen. Die will ich so anfassen. Ich glaub, die würd das geil finden, so angefasst werden.
Und zu Hause SMS ist kompliziert. Babsi will immer wissen, wer's ist, wenn's piept. Muss die Piepserei ausstellen. Überhaupt das Handy nicht rumliegen lassen. Babsi schnüffelt immer überall rum, weil sie denkt, ich reiß irgendwelche Tussen auf. Oder dass es Manu ist. Babsi kann Manu nicht ab. Klar, ist die eifersüchtig, weil die weiß, dass Manu geil ist. Ist Manu geiler als Steffi? Quatsch. Steffi ist 'n anderes Kaliber. 'ne echte Studierte. Nicht nur so 'n bisschen Sport und so. 'ne Politikerin.
Es piept. Hier auf der Autobahn kann man nicht auf dem Teil rumdrücken. Nächste Ausfahrt ist meine. Ist bestimmt noch 'ne letzte scharfe Nachricht von Steffi.
So, runter von der Autobahn. Fahr da vorn mal rechts ran. Auf das Briefchen drücken: Babsi. Die ist von Babsi.

Wo bist du, Schatz?
Ist die nicht noch bei ihrer Mutter? Schnüffelt die mir hinterher? Die *Mutter* kann ich jetzt wohl vergessen. Da war sie bestimmt schon. Gucken, ob ich da bin. Muss ich mir was einfallen lassen. Angie. War bei Angie. Dann denkt sie aber wieder, ich war zocken. Rumgefahren. Bin eben rumgefahren. Oder ich fahr mal ins *Seven up*. War ich lange nicht mehr. Der wievielte ist heute? Geil, da ist Mädelsdisco. Genau, das mach ich. Da will Babsi eh nie hin.
Mal die Mucke aufdrehen, jetzt, wo Steffi nicht mehr piepen kann. Was die wohl hört? Ob das der gefällt, mit Mucke im Auto rumfahren? Ich find das geil. Schon immer. Mein Alter sagt, ich bin schon als Baby nur eingepennt, wenn er mich abends noch mal um den Block gefahren hat. Auf dem Rücksitz in 'ne Decke gewickelt. Na, ist ja dann kein Wunder. Wär gern Trucker geworden. So 'n Riesenlaster, wo man oben drin pennen kann. Statt Hütte. Viel besser. Keine Miete, kein Putzen, kein Kochen. Immer auf der Raste essen, duschen, weiterfahren. Zeug abliefern, irgendwo im Süden 'ne geile Italienerin aufreißen und wenn's am schönsten ist, weiterfahren. Mann, wär das ein Leben!

Schläft Viola? Oder noch nicht wirklich? Doch, sie atmet ganz gleichmäßig. Ausgerechnet heute wollte sie mich massieren.

Das hat sie schon ewig nicht mehr getan. Konnte sie aber davon abhalten. Müdigkeit vortäuschen. Das hätte ich nicht ertragen: Von ihr berührt zu werden, wo sich doch jede Faser meines Körpers nach etwas anderem sehnt.
Ich kann nicht schlafen, bin immer noch viel zu aufgeregt. *Denk an dich. Zieh dich aus.* Das hat noch keine zu mir gesagt. Dass sie mich auszieht. Oder war das am Ende eine Aufforderung, ein Befehl, und ich habe es missverstanden? Sollte das bedeuten, dass ich mich selbst ausziehen soll? Ist das S/M? Habe ich mich blamiert?
Würde mir gerne ihre Nachrichten auf dem Handy noch einmal ansehen. Aber dann wacht Viola auf. Nein, das lasse ich besser. Überhaupt sollte ich mich beruhigen. Morgen Nordrhein-Westfalen. Nordrhein-Westfalen ist wichtig. Bevölkerungsreich. Da können wir noch Stimmen holen. Großes Aufgebot. Alle wichtigen Köpfe da. Muss auch vor der Spitze bestehen. Brauche mir gar nichts vorzumachen: Ich habe nicht nur Freunde in der Partei. Vielleicht habe ich sogar weniger Freunde als Feinde. Wer weiß, was sie wirklich denken. Jetzt brauchen sie mich, können nicht mehr zurück. Aber was, wenn wir es am Sonntag nicht schaffen? Da steht die Kleinschmidt doch mit Intrigen schon in den Startlöchern. Und wenn wir es schaffen: Dann heißt es durchstarten. Mir eine wichtige Position sichern, im entscheidenden Moment ganz vorne mitmischen.
Will ich das? Gerade will ich nur eins: Aus diesem Bett hinaus und in ein anderes mit P. Gemeiner

Gedanke, wo Viola neben mir liegt und schläft. Aber die Gedanken sind ja bekanntlich frei. Letzte uneingenommene Bastion im Kampf um persönliche Freiheit. Persönliche Freiheit! Wie viel bleibt in einem durchschnittlichen Leben denn davon noch übrig? Andauernd muss man doch Rechenschaft ablegen über das, was man tut. Und ich besonders: der Gesellschaft gegenüber, der Partei gegenüber, den Mitarbeitern gegenüber und schließlich Viola gegenüber. Alle wollen immerzu wissen, was ich warum tue, wo ich weshalb bin und wieso ich was möchte oder nicht. Im Grunde eine einzige Kontrolle. So subtil und eingefahren, dass ich nicht einmal aus einem Hotelbett aufstehen kann, um auf meinem Handy Kurznachrichten abzufragen.
Ich mache das jetzt einfach trotzdem. Und wenn Viola aufwacht, wacht sie eben auf. Schluss mit der ewigen Rücksichtnahme auf Gott und die Welt. Ich bin doch schließlich erwachsen, kann machen, was ich will.
Mist, ich finde meine Hose nicht. Da ist das Handy drin. Hab ich sie nicht auf den Stuhl gelegt? Hat Viola sie schon wieder woandershin gelegt, wegen der Bügelfalten? Ich hasse das! Was gehen sie meine Bügelfalten an? Wo ist die verdammte Hose? Da ist sie ja. Handy noch drin. Gott sei Dank. Ich nehme die ganze Hose mit, sonst liegt das Telefon nachher im Badezimmer herum.
Luft anhalten. Leise die Klinke herunterdrücken, Tür öffnen, leise wieder schließen. Abschließen. Für alle Fälle. So. Kein Licht. Wenn ich das Handy anmache, piept es. Lauter Ton. Behalte es in der Hose.

Der Stoff dämpft die Lautstärke. Erstmal PIN eingeben, jetzt schnell wieder in die Hose. Hat leise gepiept. Geht doch. Keine neue SMS. Ich schick ihr noch eine. Wer weiß, vielleicht ist sie noch wach.
Ich muss dich sehen.
Bin ich verrückt? Wie soll das gehen? Aber ich muss, ich kann sonst keinen klaren Gedanken mehr fassen. Senden? Ja, senden. Aber in der Hose, piept gleich wieder.
Ausmachen. Ich mache es jetzt aus, schaue morgen, ob sie mir geantwortet hat. Muss jetzt schlafen. Irgendwie.

Vor drei Tagen hätte es mich noch bekümmert, dass ich so früh wach werde. Nun sind es geschenkte Stunden, in denen ich an sie denken kann. Von ihr tagträumen. Natürlich weiß ich, dass die Wirklichkeit anders aussieht: Ich lebe in einer festen Beziehung, ich bin meinem musischen Talent verpflichtet und ich habe ein Vermögen sinnvoll zu verwalten. Ich würde das alles niemals einfach aufgeben für eine emotionale Kapriole. Ich kann meine Gefühle unter Kontrolle halten.
Das war schon damals so. Vor Stefanie. Lange vor Stefanie. Als mich Annette zu der Weltreise überreden wollte. Es ist mir schwer gefallen. Vielleicht ist mir nie etwas schwerer gefallen. „Komm mit. Wir sehen uns die Welt an und wo es uns gefällt, da bleiben wir.“ Du lieber Himmel, hatte ich Angst. Was Vater sagen würde, der noch lebte, wie enttäuscht

Mutter wäre und vor allem: was mir in der Ferne alles passieren könnte. „Aber du hast doch Geld genug, um jederzeit nach Hause zurückzufliegen, ganz egal, von wo!" Annette hatte lediglich fünftausend Mark gespart. Aber sie hatte etwas, wovon ich zu wenig besaß: Mut. Annette – meine große Liebe. Ich wusste, ich würde sie verlieren, wenn ich nicht mitkäme, aber ich konnte nicht. Das viele Geld nützte mir nichts. Im Gegenteil, heute denke ich, es behinderte mich. Wenn auch ich eine arme Studentin gewesen wäre, wer weiß, vielleicht wäre ich auch in Neuseeland hängen geblieben und eine erfolgreiche Konzertpianistin geworden.

„Wo soll ich denn proben?", habe ich sie immer wieder gefragt und sie hat gelacht: „In Kneipen, Bars, Restaurants natürlich! Du bringst uns damit durch. Du musst doch nur vorspielen und schon engagieren sie dich!"

Wäre ich glücklicher geworden? Wenn ich auf Instrumenten wie dem in der Spelunke von der Pantherfrau Abend für Abend gespielt hätte? Von meiner Familie verstoßen, womöglich enterbt, aber glücklich mit der Frau meines Lebens an meiner Seite? Hätte ich die Welt gesehen? Nicht durch Urlaubsreisen in Clubs und teuren Hotels oder auf Bildungsreisen, sondern mit dem Rucksack auf dem Rücken, zu Fuß, in Bussen oder Zügen? Wäre aus mir eine andere geworden? Ja. Ganz sicher sogar.

Wäre ich dann heute auf die Pantherfrau zugegangen? Nein. Ich hätte sie schon gestern Abend am Tresen angesprochen. Gewusst, wie man sich auf einen solchen Barhocker setzt und was man zu einer

solchen Frau sagt, ohne sich lächerlich zu machen. Manchmal denke ich, ich bin für das normale Leben untauglich.
Hätte ich Stefanie trotzdem getroffen? Und die Pantherfrau? Ist man füreinander vorherbestimmt, gibt es ein Schicksal oder ist alles nur ein Spiel des Zufalls? Was Annette wohl heute macht? Ob sie überhaupt noch lebt? Wieso soll sie denn gestorben sein? Obwohl wir jetzt in das Alter kommen, wo die ersten sterben. Immer früher. Irgendwann macht eine den Anfang. Krebs, Herzversagen, Hirnschlag. Vielleicht war Annette die Erste und ich weiß es nur nicht? Das wäre schrecklich. Ich muss heute noch im Internet nach ihr suchen. Ihr schreiben. Dass ich noch lebe.

Post von Steffi. Von halb zwei heute Nacht. Holla. Da war ich schon im Tiefschlaf. Babsi auch. Fand sie nicht so gut, das mit dem *Seven up*, hat gemeckert. Hab's über mich ergehen lassen und gut Wetter gemacht. Von wegen, wenn sie mich das ganze Wochenende sitzen lässt. Außerdem war ich um zwölf schon wieder da. Kindergartenzeit. War dann wieder gut, bisschen gekuschelt auf 'm Sofa, paar Chips und Ruhe.
Steffi ist ja auch hart drauf! Sehen will die mich? Dann soll sie mal kommen!
Komm doch!
Wird sie natürlich nicht können. Ist ja schwer unterwegs. Mal gucken, wie die sich das so vorstellt. Ist

wahrscheinlich gewöhnt, dass man nach ihrer Pfeife tanzt. Kann sie bei mir vergessen. Mit mir läuft das nicht. Da muss sie sich schon was einfallen lassen.
Aha. Ging aber schnell.
Manu? Was will die denn?
Hab beim Ausmisten noch Sachen von dir gefunden. Holst du die ab? M.
Hat die 'n Rad ab? Ist die jetzt voll durchgeknallt? Wirft mich raus und jetzt soll ich noch Zeugs abholen? Was denn überhaupt?
Was denn?
Senden. Die hat mir jetzt gerade noch gefehlt. Braucht die plötzlich Platz in ihrer Riesenhütte? Zieht die Kleine schon ein?
Schon wieder 'ne SMS. SK. Steffi.
Kann nicht weg. Kannst du Mittwoch nach Berlin kommen? Ich schicke dir Onlineticket. Bitte! Ich MUSS dich sehen!
Hä? Was für 'n Ticket? Ich soll nach Berlin? Wie? Mit dem Zug? Ist die bescheuert?
Jetzt wieder Manu.
Eine Kiste. CDs, Filme, Klamotten. Sonntagabend?
Moment mal. Haben die Mädels noch alle Tassen im Schrank? Hab ich nichts Besseres zu tun, als in der Gegend rumzueiern? Kann man eigentlich an zwei die gleiche SMS schicken?
Wann?
Einmal Steffi, einmal Manu. Wieso kann Manu mir den Kram nicht in die *Mutter* bringen? Typisch. Die weiß genau, dass ich keinen Bock hab, zu der hinzufahren. Wahrscheinlich wohnt das Prinzesschen schon längst da und macht mir die Tür auf. Macht Manu nur, um mich auf hundertachtzig zu bringen.

Aber ich bleib cool. Hol mein Zeug, als wär nichts. Beachte die Kleine gar nicht. Bedank mich noch schön.
Piept ja wie blöd. Bin ich im Vogelhaus? Gleich zwei hintereinander. Haben die sich abgesprochen?
Steffi: *Ich kann von 14.00 bis 16.00. Wenn du Zeit hast, organisiere ich die Reise und schick dir alles per E-Mail. Deine Adresse?*
Sagenhaft. Bin ich 'ne Reisenutte? Na, die hat ja Nerven. Muss aber ziemlich scharf auf mich sein, wenn sie sich so ins Zeug legt. Soll ich das einfach machen? Bisschen Berlin mitnehmen? Fett die Fahrt machen?
12.00 Uhr hin, 18.00 Uhr zurück, 1. Klasse, Raucher. pspetty@yahoo.de. Abschicken.
Mal sehen, was Manu schreibt.
Zwischen halb acht und acht?
Klar, damit sie danach noch schön mit dem Baby *Tatort* auf der Couch gucken kann und hinterher rummachen. Das vermassel ich der. Pass mal auf:
Halb neun.
Kann die gar nicht leiden, wenn sie ihren Krimi nicht glotzen kann. Bügelt immer dabei ihre Sportklamotten. Sogar die Socken. Sieht aber auch gut aus an der. Topfigur. Und dann immer die coolen, glatten T-Shirts. Schon sexy.
Okay.
Spinnt die? Guckt die nicht mal mehr *Tatort*? Ist jetzt was anders? Hab ich was verpasst? Irgendwie geht so langsam alles drunter und drüber. Locker bleiben. Ist doch alles unter Kontrolle.

Sofort etwas tun. Ich bin aufgeregt, unruhig. Nur nicht untätig sein! Fahrkarte buchen und sie P. schicken, damit sie sich das Ticket ausdrucken kann. Geht das überhaupt? Das muss Brigitte für mich erledigen. Sie wird es schon herausfinden und möglich machen. Ich rufe sie später an. Jetzt erst mal das Meeting, Absprache für das Vorgehen in Nordrhein-Westfalen. Dieses Land wird noch zugrunde gehen an seinen vielen Sitzungen. Könnte man doch alles inzwischen virtuell erledigen. Das Equipment haben wir doch längst. Dann würde man sich wenigstens gegenseitig ausreden lassen. Bei Videokonferenzen kann ja immer nur einer reden. Allerdings würden dann immer dieselben Quasselstrippen drankommen. Aber effizienter wäre es. Allein das nervenaufreibende Durchgehen der Tagesordnungspunkte bringt mich schon zur Raserei. Die Hälfte davon müsste nicht besprochen werden, die andere Hälfte würde man zum jetzigen Zeitpunkt besser nicht diskutieren. Wenn jetzt alle einfach ihre Arbeit gut machen würden, statt sich andauernd treffen zu wollen, wäre uns mehr geholfen. Aber es gibt eben die Macher und die Schwätzer. Ich gehöre eindeutig zur ersten Gruppe. Dabei will ich jetzt weder das eine noch das andere. Ich wüsste, was ich lieber täte.

Bin ich eigentlich komplett verrückt geworden? Jetzt denke ich schon wieder an die Barfrau und weiß immer noch nicht, wie sie heißt. Irgendetwas

wollte ich noch mitnehmen. Ist mir entfallen. Vielleicht steht P. für Panther? Kann ich mir aber nicht vorstellen. Aber noch mal fragen ist auch blöd. Könnte das Spiel zwischen uns kaputtmachen. Welches Spiel? Und wenn es ein böses Spiel ist? Sie ist eine vollkommen Fremde. Sie könnte mir gefährlich werden. Ich bin eine öffentliche Person, ich bin angreifbar, verwundbarer als andere.
Schlimmstenfalls könnte sie Teil einer lang eingefädelten Verschwörung des anderen Lagers sein. Um mich kurz vor der Wahl öffentlich bloßzustellen. Wäre nicht das erste Mal, dass die Konservativen zu solchen Mitteln greifen. Ein Sexskandal am Samstag in der *BILD*-Zeitung. Ein lesbischer noch dazu. Mit Foto und O-Tönen. Um Gottes willen.
Und bestenfalls, was könnte sie bestenfalls tun? Mich glücklich machen. Mich restlos befriedigen. Ist das normal? Das kann nicht normal sein. Dauernd an Sex zu denken. Darüber alles zu vergessen. Zum Beispiel die Unterlagen, die ich gleich brauche. Ich habe nicht einmal einen Stift bei mir. Wo ist eigentlich meine Tasche? Mein Handy? Hier, in meiner Hosentasche. Darauf muss ich jetzt aufpassen wie auf meinen Augapfel. Ich darf auf keinen Fall mein Handy verlieren oder liegen lassen.
Woher kommen diese wilden Fantasien? Muss ich etwas kompensieren? Animalische Triebe in der größten Anspannung? Das ist ein bekanntes Stresssymptom. Ich dachte, dass sei nur bei Männern der Fall. Die gehen angeblich auch am häufigsten ins Bordell, wenn sie angespannt sind. Werde ich beides

gleichzeitig können: eine leidenschaftliche Affäre führen und mich in der Öffentlichkeit in jedem Moment auf den Punkt konzentrieren? Privatleben und Karriere auseinanderhalten?
Hoffentlich nimmt sie mein Angebot überhaupt an, nach Berlin zu kommen. Hoffentlich bin ich ihr nicht zu nahe getreten und sie fühlt sich korrumpiert.
Herrje. Jetzt ist Brigittes Leitung besetzt. Soll ich sie auf dem Handy anrufen? Aber das nützt nichts, sie telefoniert ja. Wie soll ich ihr das Ganze überhaupt erklären? Mit offenen Karten spielen? Nein, das ist unmöglich. Bei aller Freundschaft: Sie wird zu mir sagen, ich soll bis nach der Wahl warten. Alle würden das sagen. Stefanie Krause hätte das vor ein paar Tagen auch noch gesagt.

Vollkommen losgelöst sein, an nichts denken. Nicht an Stefanies Wahlkampf, nicht an die Aktien. Dabei fällt mir ein: Ich muss dringend einen neuen Anlageberater suchen, das schiebe ich schon so lange vor mir her. Aber nicht jetzt. Jetzt ist nur eines wichtig: meine Pantherfrau. Ihr Gesicht, ihre Aura, ihre sehnsüchtigen Blicke.
Ich vermisse meinen Flügel. Mir scheint, als wollte eine unbekannte Melodie mit gewaltiger Kraft aus mir heraus. Ich könnte nicht sagen, wie sie klingt, noch nicht, aber ich bin sicher, ich könnte sie sofort spielen, wenn meine Hände sich auf die Tasten legen würden. Schon immer schrieb die Liebe die schönsten Stücke.

Stefanie trifft sich später mit den Kölner Parteifreunden. Ich könnte nach Essen fahren, um mir die Van-Gogh-Ausstellung anzusehen, aber dann wäre ich zu spät wieder hier. Die Zugverbindungen hier sind gar nicht gut, dabei ist es doch ein sogenannter Ballungsraum? Nein, ich fahre mit nach Köln. Obwohl ich genauso gut zurück nach Braunschweig fahren könnte. Aber was sollte ich da? Ich weiß doch nicht einmal, wo ich nach ihr suchen sollte. Das Lokal ist mein einziger Anhaltspunkt und dort wird sie sicher nicht sein. Nach ihr fragen wäre seltsam. Ich möchte sie auch nicht unnötig in Schwierigkeiten bringen, wer weiß, in welchen Verhältnissen sie lebt. Außerdem hatte ich mir verboten, vor Sonntag Kontakt mit ihr aufzunehmen und daran halte ich mich.

Ich habe mich schon lange nicht mehr so gründlich im Spiegel betrachtet. Und das ausgerechnet in einer dieser engen Nasszellen, die sie in solchen Hotels „Badezimmer" nennen. Eigentlich sollte ich mich beschweren. Möchte wissen, wann hier jemand zuletzt den Spiegel geputzt hat. Aber man hat ja keine Kontrolle über solche Dinge. So wie bei Irina.

Ist heute Montag? Dann war sie heute da. Mir ist nie wohl bei dem Gedanken, wenn sie alleine in der Wohnung ist. Was sie dort wohl alles tut in unserer Abwesenheit? Putzen mit Sicherheit nicht. In unseren Sachen herumschnüffeln? Einen unserer Bademäntel anziehen und sich vor den Fernseher setzen? Auf unsere Kosten mit ihrer Familie daheim telefonieren?

Die Haut spürt jede kleinste Veränderung und ist es nicht so, dass freudige Erregung anziehende Duftstoffe freisetzt? Ich rieche besser. Wie soll ich es nur eine ganze Woche aushalten? Pantherfrau, schon bald können wir zusammenkommen. Nein, wir sind nicht wie die Königskinder, die nicht zueinander kommen konnten, weil das Wasser zu tief war – ich werde uns eine Brücke bauen!
So unattraktiv, wie ich immer dachte, sehe ich vielleicht doch nicht aus. Mein Profil ist eigentlich ganz hübsch. Meine Wangenknochen ausgeprägt, mein Mund geschwungen, ohne zu viele hässliche Fältchen um die Lippen, mein Kinn, mein Hals ... meine Schilddrüse! Ich muss mit Professor Körner reden, jetzt erst recht. Mich vielleicht noch einmal ganz neu untersuchen lassen. Den Arzt wechseln? Einen Neuanfang wagen?
Und wenn ich mein Haar so, auf diese Weise, nach oben stecke, ganz locker, nicht so streng, vielleicht steht mir das besser? Ich müsste einfach mehr ausprobieren, mich mutiger zeigen. Zu mir stehen. Vielleicht findet sie mich sogar schön. Ist nicht jeder Mensch schön? Bin ich nicht eigentlich schön? Stefanie hat es mir schon so lange nicht mehr gesagt.
Ich bin völlig außer mir. Ich sitze hier alleine in einem schrecklichen Hotelzimmer, beschäme mich selbst mit meiner eitelsten Aufmerksamkeit und spüre doch nur schmerzhaft, dass mir etwas fehlt: sie.

Politiker-SMS: *Alles klar. Lasse dir Ticket und Wegbeschreibung schicken. Kann es kaum erwarten! Schreibst du mir weiter?*

Lässt sie mir schicken! Hat die ’n Hofstaat? Sklaven? Auf meine Steuergelder? Politiker, ich sag’s ja. Was soll ich denn schreiben? Antörner? Weiß die, was ’ne SMS kostet? Na ja, ein paar hab ich noch frei, muss ich checken. Früher mit Manu hatte ich bis zu hundert im Monat. Deshalb hab ich das Paket genommen, mit den Frei-SMS. Aber jetzt mit Babsi lohnt sich’s gar nicht. Die kann das nicht. Die will dauernd telefonieren. Ich kann Telefonieren nicht leiden. Sauteuer und überflüssig. Versteh gar nicht, was die dauernd will. Kann man doch alles bereden, wenn man sich sieht. Oder eben SMSen, wenn’s dringend ist.

Mit Manu war’s immer dringend. Die hat mir dauernd so ’n Antörnzeugs geschickt. Das war geil. Jedenfalls am Anfang. Und am Ende nur noch: *Wo bist du?*, *Wann kommst du?*, *Wo bleibst du?* Und wenn ich nicht reagiert hab, ist sie ausgeflippt. Die war manisch. Voll eifersüchtig. Total ohne Grund. Die hab ich nämlich geliebt. Ich wollt gar nichts mit Babsi. Nur ’n bisschen ärgern wegen Krater-Helga. Aber das hab ich Manu natürlich nicht gesagt. Das geht niemanden was an.

Berlin. Fahr ich voll für lau nach Berlin. Erste Klasse, erste Sahne. Mittwoch. Wann fahr ich zurück? Was hab ich gesagt? Um sechs. Dann bin ich vor acht wieder hier. Babsi sag ich, dass ich zwischen sechs und acht zu tun hab. Ist ja wohl normal. Zu tun? Dann denkt Babsi wieder, ich zocke. Gar

keine schlechte Idee. War ich eben zocken. Zocken gehen ist besser als fremdgehen. Da turnt die sich ’n bisschen dran ab und gut ist.
Und was zieh ich an? Wieder die Lederjacke? Die kam gut. Aber tagsüber ’n Hemd? Lieber was Sportliches. So ’n Sweater. Den von Manu. Mach ja immerhin ’ne Reise. Muss bestimmt blöd rumlatschen. Was mach ich eigentlich vor Steffi in Berlin ohne Kohle? Bin ich eigentlich doof? Wo treff ich die überhaupt? Schickt mir ’ne Wegbeschreibung! Denkt wohl, ich komm überallhin. Bestellt die mich ins Hotel? Oder in ihre Bude? Wohnt die nicht mit der Vogelscheuche? Was mach ich, wenn die auch da ist? Wenn das so Perverse sind und ’n flotten Dreier wollen? Mach ich da mit? Na, erst mal cool bleiben, immer schön locker. Wird schon nicht so schlimm werden.
Ob ich schon mal den Computer einschalten soll? Aber von Steffi ist bestimmt noch nichts da. Babsi stellt sich immer an wegen dem Teil, hat ihre Mutter ihr geschenkt, und sie tut so, als würde sie sich total damit auskennen. Kann es auch nicht leiden, wenn ich lange im Internet bin, sitzt immer daneben. Zu Manu kann ich ja schlecht. Obwohl – könnte ja meine Sachen vorher abholen und sagen: He, lass mich mal an die Kiste, muss noch ’n Date in Berlin klarmachen. Da rastet die aus. Hundertpro. Könnte die gar nicht gut haben. Ist der nämlich bestimmt nicht egal, was ich so mache. War der ja auch bei Babsi nicht egal. Oder ist die so verknallt in ihr Riesenbaby, dass ihr das schnuppe ist? Würd ich ja gerne mal testen. Wenn die wüsste, dass ich mit

’ner Politikerin was hab. Noch hab ich ja nicht. Am Ende will die Händchen halten und Tee trinken. Quatsch. Wahrscheinlich will die einfach nur mit mir ins Bett. Behalt ich aber für mich. Erst mal.

So, wie sie davon die ganze Zeit schwärmt, wäre Viola viel lieber nach Essen zu der Ausstellung gefahren, als mich nach Köln zu begleiten. Sie tut es aber bestimmt deshalb nicht, weil sie meint, ich wäre enttäuscht, wenn sie nicht mit mir käme. Wenn sie nur aufhören könnte, immer für mich zu denken! Mich stattdessen einfach nach meiner Meinung fragen und sie mir vor allem glauben würde. Ich hätte nämlich überhaupt nichts dagegen, alleine nach Köln zu fahren. Ich würde mich einfach in das Zugrestaurant setzen, gemütlich Kaffee trinken, Blechkuchen essen und Kurznachrichten versenden. Aus dem Fenster schauen und von der Barfrau träumen. Aber das kann ich ihr natürlich nicht so deutlich sagen.
Wäre wirklich gerne mal für eine halbe Stunde allein. Überhaupt bin ich viel zu selten allein. Dabei braucht der Mensch auch hin und wieder Ruhe vor den anderen. Soziale Entspannungsphasen. Das habe ich doch gelernt, auf dem letzten Seminar zur Persönlichkeitsschulung. Die Liste mit den zehn Dingen, die ich am liebsten tue, habe ich auch nicht weitergeführt. Was heißt weitergeführt? Ich hätte sie sowieso noch einmal von vorne beginnen müssen. War alles gelogen.

Aber wer setzt sich denn freiwillig vor so einen Coach, der eine halbe Stunde später die Parteirivalin mit der gleichen Frage vor sich hat, und erzählt ihm von seinen intimsten Bedürfnissen? Verstehe gar nicht, wieso es Leute gibt, die allen Ernstes denken, dass dabei alle aufrichtig sind. Weiß doch jeder, dass das dokumentiert und weitergegeben wird. Also ich war nicht aufrichtig. Was habe ich an erster Stelle genannt? Mit Menschen zusammen sein oder so etwas. O je. Das kommt in Wirklichkeit ganz nach unten.

Ist gar nicht so einfach, auf zehn Dinge zu kommen, die ich wirklich gerne tue. Essen. Kaffeetrinken. Spazierengehen, aber alleine. Fotografieren. Dann hört es schon auf. Mir fällt einfach nichts ein. Früher habe ich gerne gelesen. Kann ich heute gar nicht mehr. Schlafe oft über dem Krimi ein. Schlafen. Ich schlafe gern. Allein in einem großen Bett mit frisch bezogener weißer Bettwäsche. Und ich träume gern. Davon, dass ich verführt werde.

Im Moment steht auf der Liste ganz oben: Sex. Oder gehört das gar nicht zu den Dingen, die ich am liebsten tue, sondern einfach nur zu denen, die ich am meisten vermisse? Sollte ich zwei Listen machen: Die Top Ten meiner Lieblingsbeschäftigungen und die Top Ten meiner unerfüllten Wünsche? Da gäbe es eine Schnittmenge: Ruhe und Abenteuer.

Wie kann das denn sein? Ich bin völlig konfus. Weiß nicht einmal mehr, was ich will. Doch: P. sehen. Sie berühren, von ihr berührt werden, ihre Haut auf meiner. Oder wenigstens: einen Ort, an dem ich ungestört von ihr träumen kann. Ruhe eben. Passt also doch zusammen: Ruhe, wenn Abenteuer nicht möglich ist. Was stünde dann auf der Liste der Dinge, die ich nicht will? Alltag? Viola?

Verlaufen kann ich mich hier wenigstens nicht. Das wievielte Mal bin ich jetzt in Köln? Werde mir nicht noch einmal den Dom ansehen. Und auch nicht durch die grauenvolle Fußgängerzone schlendern, von der Brigitte behauptet, man könne dort so gemütlich einkaufen. Siebziger-Jahre-Charme im Altstadtgewand. Sieht man durch all die Modernisierungsversuche hindurch, dass hier kein echter Stil vorherrscht. Die rheinische Frohnatur mag es eher derber. Davon kann ich ein Lied singen. Immerhin bin ich in Düsseldorf aufgewachsen.
Schön ist der Rhein. Auch in Köln. Die gepflegte Promenade. Ich werde einen Spaziergang unternehmen. Körper und Geist am Fluss auslüften. Oder mit dem Schiff fahren? Bestimmt redet da ein ungebildeter Kapitän über Mikro zu den Gästen. Das war früher auch alles dezenter. Die Ausflüge mit der Köln-Düsseldorfer. Das ganze Internat war auf dem Dampfer und wir hatten zuvor in Geografie die Landschaft rheinauf und rheinabwärts durchgenommen. Erkannten die Städte schon, bevor wir an ihnen vorbeifuhren! Fotografierten die Uferlandschaften und uns Mädchen, wie wir mit geröteten Wangen an der Reling standen.
Sabine. Wie sehr war ich damals in Sabine verliebt! Sie war die Einzige, deren Eltern das Geld für

das teure Internat nicht aufbringen konnten, und wurde als Hochbegabte gefördert. Die anderen haben sie oft deswegen gehänselt, heute würde man wohl sagen: gemobbt. Wegen ihrer Kleidung, ihrer Umgangsformen, die nicht so geschliffen waren wie unsere. Ich habe aber immer zu ihr gehalten. Sie war um so vieles klüger als all die verzogenen Mädchen der besseren Gesellschaft zusammen! Sie strahlte eine ganz eigene Eleganz aus. Die Art, wie sie sprach, die Art, wie sie sich bewegte, war zauberhaft. Mit einer natürlichen Anmut, die ich seither nie wieder gesehen habe. Wie lange ist das jetzt her? 75, 85, 95, 2005 … Über dreißig Jahre? Das kann nicht sein. Aber es stimmt: Wir haben einander vor drei Jahrzehnten die Liebe erklärt.

Dass ich gerade jetzt an Sabine denken muss. Vielleicht begegnet man in seinem Leben in Intervallen immer den gleichen Wesen. Auf den ersten Blick scheint es, als habe man nichts gemein, und dann stellt sich heraus, dass die innere Verwandtschaft jenseits der Vorstellungskraft liegt. Gegeben ist. Vielleicht gottgegeben ist.

Ob ich doch den Dom besuche? Eine Kerze anzünde? Ist es nicht so, dass man in Momenten höchster Not und tiefster Empfindung die Nähe des Schöpfers verspürt? Oder mache ich mich genau damit vor ihm lächerlich? Wenn es ihn tatsächlich gibt, wird er genau merken, dass ich nur komme, weil ich etwas von ihm will. Das ist auch nicht richtig.

Ob die Pantherfrau gläubig ist? Sie macht mir nicht den Eindruck. Wahrscheinlich ist sie klug

genug, um religiöse Metaphern zu durchschauen. Die Herrschaft der Popen dahinter zu ahnen. Wenngleich sie es vielleicht nicht einmal weiß. Nur intuitiv spürt, dass es besser ist, den Kirchen fernzubleiben.
„Zahl den Ablass und geh nie in die Knie!“, hat Vater immer gesagt. Selbst auf dem Sterbebett wollte er nichts von Gott wissen.
Ihm hätte es gefallen, dass ich mich zu einem Menschen aus dem Proletariat hingezogen fühle. Er hat die Qualitäten seiner Arbeiter, ihre Ehrlichkeit und Bodenständigkeit immer geschätzt. Aber es hätte ihn empfindlich gestört, dass dieser Mensch eine Frau ist. Und noch dazu eine mit einer Tätowierung am Arm! Die ich so gerne, leicht wie eine Feder, mit den Lippen berühren würde, um sie ungeschehen zu machen. Aber dafür gibt es ja inzwischen sicher Lasertechniken oder moderne transplantative Methoden. Die Schönheitschirurgie vollbringt ja wahre Wunder, wenn man das nötige Kleingeld hat. Und daran soll es nun wirklich nicht liegen.

Pillen. Versteh nicht, warum Babsi nicht einfach 'ne Tablette einpfeifen kann. Mach ich doch auch. Schon zwei Tage vorher, morgens und abends. Merkt man doch, wenn das wieder losgeht. Wofür gibt's denn die ganzen Mittelchen in der Apotheke? Aber nein, bloß keine Pillen, die verträgt sie nicht, die helfen nicht. Bei mir helfen die ja auch. Und wenn die keinem anderen helfen

würden, dann würden die ja wohl nicht in rauen Mengen gemacht!
Jetzt heult sie. Babsi heult immer, wenn sie blutet. Sie nennt das ja „menstruieren“, als würd sie’s auf Lateinisch machen. Sie liegt auf der Couch und ich muss Fiffi spielen. Wärmflasche, Kamillentee, fehlt nur noch, dass ich ihr was vorlesen soll! Bring ihr mal den Discman, kann sie ’n bisschen Kuschelrock hören.
So schlimm ist es ja nicht, mach ich auch ganz gern, mich kümmern. Kann die ja auch nichts für, dass es wehtut. Aber die stellt sich immer so an! Bring ihr mal noch ’n Stück Schokolade aus der Küche mit. Dann freut sie sich. Aber dann geh ich in die Muckibude. Ist ja schon fast Mittag. Und ich muss nachher noch zu Angie. Wegen der Umzugssache.
Was? Jetzt geht das Theater wieder los. Ob ich sie überhaupt noch liebe. Das kommt auch einmal im Monat. Heult, dass sie dick und langweilig ist. „Bestimmt hast du schon eine andere im Auge!“ Und ich soll natürlich sagen, dass das nicht stimmt. Dabei ist sie moppelig, der letzte interessante Heuler ist sie wirklich nicht und ich geh hoffentlich bald Steffi an die Wäsche. Wenn ich das aber sagen würd, würd sie ausrasten und ich könnte mir schon wieder ’ne neue Bude suchen. Also sag ich: „Schnuckelchen, red keinen Quatsch“ und knutsch bisschen mit ihr. Immer dasselbe. Nerviger Film.
Jetzt will sie kuscheln. Die Kindergartennummer. Kann ich gar nicht gut haben, wenn Babsi anfängt zu reden wie ’n Kleinkind und ich mir vorkomm

wie die Mutti. Ist irgendwie pervers, hat die aber immer drauf, wenn ihr was wehtut oder wenn sie hören will, dass Petramaus sie nicht verlässt. Könnt mir eh eine knallen, dass ich ihr erzählt hab, dass Mutti das immer zu mir gesagt hat. Rafft die nicht, dass ich das bei ihr nicht haben kann.
Jetzt ist sie sauer, dass ich nicht mit ihr auf'm Sofa rumliege und Talkshows im Fernsehen glotze. Da hab ich Besseres zu tun, ehrlich. Das sind ja wohl die Allerletzten, die da über sich quatschen, am liebsten, wie sie's im Bett machen. Pervers. Muss an den Computer ran, nachsehen, ob die Fahrkarte von Steffi schon da ist. Aber dann guckt mir Babsi über die Schulter, macht sie immer. Und dann wär was los, wenn sie sieht, was ich vorhabe.
Bisschen Taschengeld für den Hauptstadt-Ausflug wär auch nicht schlecht. Vielleicht hat Angie ja heute was für mich. Oder morgen. Wenn nicht, muss ich mir 'n Fuffi leihen. Oder ich vertick was. Ein paar von Babsis CDs und DVDs. Merkt die sowieso nicht. Die weiß ja nicht mal, welche sie hat. Die sammelt die bloß. Den Fotoapparat nehm ich mit, damit mir das Manu auch glaubt. Der erzähl ich das nämlich irgendwann. So nebenbei. Die soll nicht denken, dass ich hier in Braunschweig versauer, ohne sie die Welt nicht mehr seh!
Jetzt mal raus hier, das mit dem Computer geht gerade nicht. Handy. Muss das Handy mitnehmen. Nicht, dass ich was von Steffi verpass!

Sind hier alle schon in Hochstimmung. Verschachern die Pöstchen unter sich, werfen sich an mich ran und denken, ich merke nicht, wieso. Wenn das so läuft, wie sie sich das hier vorstellen, sitze ich nächste Woche in Berlin in der Regierung und hab was zu sagen.

Als Erstes würde ich mich neu einkleiden. Habe in den letzten Wochen gemerkt, dass ich mich in meinen Sachen nicht mehr wohlfühle. Als ob ich innerlich aus ihnen herausgewachsen wäre. Diese ganzen Blusen, die Hosenanzüge, die alle gleich aussehen. Tragen alle. Und meine Seidentücher mag ich zwar immer noch, aber auch sie passen nicht mehr zu der Frau, die ich bin.

Wie bin ich eigentlich? „Nennen Sie eine Farbe, mit der Sie sich identifizieren." Orange. Daraufhin musste ich das ganze Seminar über mit einem orangefarbenen Punkt auf der Stirn herumlaufen. Wenn es so einfach wäre, sich in Farben zu denken. „Erzählen Sie in zwei Minuten, wer Sie sind" war schon besser. Ich habe nur eineinhalb gebraucht. „Stefanie definiert sich sehr über die Arbeit." Ich hätte ihm eine knallen können, diesem Schnösel. Denkt der denn, ich setze mich dahin und rede öffentlich über meine intimsten Gedanken? Bei einem Managertraining? „Ich bin zweiundvierzig, lesbisch, lebe in einer langweiligen Schwesternehe, kandidiere für eine Bundestagspartei, weil ich nicht gut genug war, Professorin zu werden, und träume davon, dass ich morgen aufwache und eine andere bin." Garantiert hätte der mich gefragt: „Wer möchten Sie denn sein?"

Ich. Ich hätte gerne das Gefühl, dass ich ich selbst wäre. Ohne mich anzustrengen, ohne dauernd etwas tun zu müssen, damit mir jemand auf die Schulter klopft und sagt: Das hast du gut gemacht.
Und ich wäre gern reich. Selbst reich. Hätte gerne Violas Geld. Dann würde ich nur tun, was mir wirklich Spaß macht. Fotografieren zum Beispiel. Und mit meinen Lieblingsbildern würde ich eine Ausstellung machen. Zur Vernissage gäbe es Flaschenbier und Chips. Die Bilder hätten keine Preise, weil ich sie nicht verkaufen würde. Höchstens verschenken. Der Barfrau zum Beispiel. Signiert, versteht sich.
Nein, keine Einwände. War das jetzt wichtig? Bestimmt nicht. Aber jetzt kommt mein Tagesordnungspunkt. Repräsentation der Partei nach außen. Dass hier nicht mehr jeder erzählt, was er gerade denkt. In Braunschweig – eine Katastrophe! Hat doch Kornmüller zu einem Passanten gesagt: „Also wenn es nach mir ginge …" So etwas geht nicht. Kornmüller muss sowieso weg, aber das klären wir nächste Woche. Muss die Meute hier noch mal anheizen. Ihnen das Gefühl geben, dass ich stolz auf sie bin. Die viele Arbeit auf kommunaler Ebene, von der wir uns in Berlin ja alle keine Begriffe machen, und so weiter. Muss sie in ihrem Optimismus bestärken. Ihnen Mut machen. Sie daran erinnern, dass es um jede Stimme geht. Bis zum Ende der Stimmabgabe am Wahltag, bis um eine Minute vor achtzehn Uhr. Dass sie nicht vergessen, ihre Oma zum Wahllokal zu karren, aber nur, wenn die uns auch wählt. Hatte ich den Witz hier schon mal

gemacht? Nein, ich glaube nicht. Der kommt immer gut an.
Mein Handy! Das ist P.! Ausgerechnet jetzt. Ob ich es noch schaffe? Schnell mal einen Blick drauf werfen, dauert ja nur eine Minute.
Liebes, vergiss nicht, deinen Vater anzurufen!
Viola denkt auch wirklich an alles. Wieso erinnert sie sich jetzt an den Geburtstag meines Vaters? Hat sie bestimmt in ihrem Kalender stehen. Wieso habe ich das nicht gesehen? Steht das da nicht? Mal unauffällig in den Kalender schauen: Doch, da steht es ja. Allerdings sehr klein und total überschrieben. Mache ich später. Wie geht es ihm überhaupt? Wieder schlechter? Nein, dann hätte Mama sich sicher gemeldet. Habe seit Ewigkeiten nicht mehr zu Hause angerufen. Jetzt muss ich erst mal die Chefin spielen. Zuckerbrot und Peitsche, teamorientiert, flach hierarchisch mit gesunder Autorität. Alles einstudiert. Wann gibt es eigentlich Mittagessen?

Venedig. Ob ich die Pantherfrau zu einer Reise nach Venedig überreden kann? Ein langes Wochenende. Im Spätherbst ist die Stadt besonders schön. Es ist noch nicht kalt, aber die Magie des Nebels steigt schon in den Straßen auf. Bestimmt ist sie noch nie in Venedig gewesen. Wir wohnen im Zentrum, in einem der kleinen Hotels mit Blick auf eine versteckte Piazza. Dort können wir am Abend in leichter Bekleidung auf dem Balkon oder einer Dachterrasse sitzen und

Rotwein trinken. Vielleicht mag sie keinen Wein? Doch, bestimmt, sonst hätte sie nicht versucht, mich vor dem schlechten Prosecco zu warnen.
Dieser Champagner dagegen schmeckt ganz ausgezeichnet. Ein neues Café. Eine kleine Entdeckung! Unscheinbar, aber schon auf den ersten genaueren Blick als etwas Besseres auszumachen. Sehr hübsche Lage, dezente Bestuhlung, ausgewählte Blüten in eleganten Glasvasen. Der Kellner trägt eine strahlend weiße Schürze, ein tadellos sitzendes Hemd und eine gut geschnittene Weste. Ich finde, es sollte für alle gastronomischen Betriebe Pflicht sein, ihr Servicepersonal angemessen zu kleiden. Manchmal kann man ja die Bedienung nicht mehr von den Gästen unterscheiden!
Französische Küche. Die Speisekarte sieht vielversprechend aus. Vielleicht können Stefanie und ich heute Abend hier essen. Sie hatte angedeutet, sie wolle die nächsten Tage mit mir besprechen. Das ließe sich hier hervorragend tun. Jetzt wird sie sicher etwas Ungesundes essen, zwischendurch, nach der Besprechung und vor ihrem Besuch an den Ständen in der Innenstadt. Um sechs spricht sie auf dem Straßenfest. Dort wollte ich sie abholen. Da müsste es sich einrichten lassen, gegen acht hier zu Abend zu essen. Ich werde auf jeden Fall für diese Zeit einen Tisch reservieren.
Ob sie ihren Vater angerufen hat? Sicher nicht. Auch wenn man kein besonders gutes Verhältnis zu seinen Eltern hat, sollte man doch die Grundregeln sozialen Miteinanders einhalten. Und Geburtstagswünsche gehören nun einfach dazu.

Wann wohl die Pantherfrau Geburtstag hat? Sie könnte ein Widder sein oder ein Schütze. Auf jeden Fall ein Feuerzeichen. Ein Löwe? Ja, das passt zu ihr. Und es würde auch zu mir passen.
Der Champagner beflügelt mich zu aufregenden Gedanken. Venezianischen Gedanken. Sie liegt auf dem Hotelbett, mit dem Rücken zu mir. Ich streichle ihre Schulterblätter, zeichne mit den Fingerspitzen die Wirbelsäule nach, jede einzelne Erhebung eine zarte Berührung. Sie ist ganz nackt. Sie liebt es, nackt zu sein, und hat sich zuvor in selbstverständlicher Schönheit durch das Zimmer bewegt. Sie hat gerade geduscht, die nassen Haare fallen ihr in den geschwungenen Nacken. Meine Hände wandern über ihren ausgestreckten Körper und sie räkelt sich zufrieden. Ihre Haut ist so weich, dass ich nicht wage, sie zu küssen. Aus Angst, sie könnte nur ein Traum sein.

Passt wohl nicht in ihren Zeitplan, was zu schreiben. Hat wohl was Besseres zu tun. Werd sie mal bisschen heiß machen.
Liege nackt im Bett.
Ob alle Politiker so Dinger zu laufen haben? Würd erklären, warum die immer mehr Kohle wollen. Für ihre Liebschaften in der ganzen Republik. Erste-Klasse-Fahrkarten, Hotelzimmer, Essensrechnun-Gen. Kein Wunder ist das Land pleite.
Da ist Manu. Was macht die denn hier, um die Uhrzeit? Schnell, hinter die Mauer, damit die mich

nicht sieht. Wo geht sie denn so eilig hin? Hat die keine Schule? Sind schon wieder Ferien? Wenigstens ist sie allein. Na, dann wollen wir doch mal sehen, wo sie so hinspaziert. Immer schön mit Abstand, bloß nicht gesehen werden. Und wenn, dann einen auf zufällig machen. Vielleicht krieg ich sie rum für einen Kaffee. Bin ich bescheuert? Die hat mich rausgeschmissen! Von wegen Kaffee, die kann mich mal!

Wo geht sie denn da rein? Kenn ich nicht, das Haus. Adleraugen: Sie klingelt ganz unten. Mal warten, bis sie drin ist.

SMS.

Muss gleich Rede halten. Berühr meine Brüste.

Bestimmerin, die Kleine. Denkste. Mal gleich andere Seiten aufziehen.

Später. Nicht so schnell. Erst mal küssen.

So, mal sehen, wo Manu hin ist. Aha, zu 'ner Frauenärztin. Ist die schwanger? Treibt die's jetzt mit 'nem Typen? Kann ich mir nicht vorstellen. Oder ist die zu dem Rechtsanwalt? Streitet sich mit wem. Wär typisch. Die streitet sich ja immer dauernd mit allen. Aber gleich mit Anwalt? Mal abwarten. Vielleicht frag ich sie. Bleib jetzt erst mal hier. In sicherer Entfernung.

SMS.

Mach weiter.

Klar mach ich weiter, Süße. Wirst du dich noch wundern. Aber vielleicht nicht so öffentlich.

Kann ja hundert Jahre dauern, bis Manu da wieder rauskommt. Geh mal in den Laden da, bisschen Krams gucken. Seh ich sie durch die Scheibe. Oder

trink ich ’n Kaffee da beim Bäcker? Draußen an den Stehtischen, da kann ich eine rauchen. Da gibt’s auch die *BILD*, bisschen blättern. Vielleicht ist da ja Steffi drin. Die hab ich noch nie in der *BILD* gesehen. So berühmt ist die auch wieder nicht, dass sich wer interessiert, wo die Urlaub macht oder mit wem die in die Kiste geht. Ob die alle wissen, dass die andersrum ist? Ob das ’n Geheimnis ist?
Nehm ’ne Streuselschnecke, die sind ja riesig hier. Und billig. Muss ich mir merken. Ob ich Babsi eine mitnehm? Muss ich dann die die ganze Zeit mit mir rumschleppen, auch blöd. Wieso machen die die Zeitung eigentlich so riesig? Halb so groß wär auch okay. *War Lady Di bi?* Holla. Mit der hätte ich auch mal. Die war doch voll sexy. Sah so aus, als könnt sie kein Wässerchen trüben, aber mit dem Pferdehändler im Heu! Tät mich nicht wundern, wenn die mit ihrer Anziehfrau nicht auch mal Ausziehen gespielt hätt. Siehste: *Dienerin packt aus.* Aber ich find, das gehört sich nicht. Hinterher rumerzählen. Würd ich nie. Geht doch niemanden was an. Auch danach nicht. Auch nicht wegen Kohle. Würd mir gegen die Ehre gehen.
Lang wart ich nicht auf Manu. Sowieso beknackt, hier zu stehen wie bestellt und nicht abgeholt. Ich trink jetzt hier mal gemütlich das Käffchen, les das Horoskop und die Fußballseiten und dann mach ich die Biege. Man hat ja auch noch zu tun.

Solange ich kann, für die Sache einstehen. Aber Bierzeltatmosphäre ist einfach das Letzte. Dazu muss ich mich wirklich überwinden. Auch wenn der Alkohol hier Öko ist und die Brezel Vollkorn. Thema Genfood. Darüber weiß ich überhaupt nichts. Außer, dass wir die dreihundert Meter Abstand zwischen Ökofeldern und Genfeldern durchgesetzt haben. Genfelder heißen die doch nicht. Muss die Rede ablesen. Wort für Wort. Sonst verplappere ich mich noch und alle merken, dass ich keine Ahnung habe. Wenn ich Bernd nicht hätte, wüsste ich sowieso nicht, wie ich das alles schaffen sollte. Er ist wirklich ein guter Assistent. Referent. Muss ich auch aufpassen, nicht dass man denkt, ich leiste mir eine Sekretärin. Aber eigentlich ist er das: eine perfekte Sekretärin. Wenn wir es schaffen, nehm ich ihn mit in die oberen Etagen. Ohne ihn wäre ich nie so weit gekommen. Hab ich ihm das eigentlich schon mal gesagt? Muss ich unbedingt machen. Positives Feedback nach unten weitergeben. O je, ich muss noch so viel lernen.

Hier ist ja die Hölle los. Das schöne Wetter und das gute Essen. Das ist die beste Kombination für eine Wahlveranstaltung. Sitzen alle gemütlich herum und lassen das Kulturprogramm über sich ergehen. Ein bisschen Klezmer-Musik, Polit-Kabarett, Bauernhofatmosphäre für die Kinder und dann kommt noch Tante Stefanie und erzählt das Märchen vom genfreien Gemüse. Manchmal wünschte ich, ich könnte alles glauben, was ich so rede. Würde die Dinge nicht so schwarzsehen. Müsste bei den Regelungen zum Genfood nicht

immer an die Geschichte von der Biene denken, die zuerst die Blüten der Genkartoffel und dann, ein Feld weiter, die von der Ökokartoffel bestäubt. Woraufhin die im Wachstum explodiert und alle sich freuen. Oder gibt es wirklich Leute, die sich vorstellen, dass man für Insekten Schilder aufstellt, wo draufsteht: *Genfreie Zone, bitte im Abstand von dreihundert Metern nicht befruchten!*
Ob sie sich jetzt tatsächlich vorstellt, meine Brüste zu berühren? Mich zu küssen? Wenn sie jetzt hier wäre, würde ich mich nicht beherrschen können. Würde sie wahrscheinlich in einen Hauseingang zerren und tun, was ich nie verstehen konnte: Wie man sich zur Schau stellen kann. Aber es wäre mir egal, wenn nur das Pochen und Pulsieren zwischen meinen Beinen in die Nähe ihres Körpers gelangte. Nicht schon wieder. Ich darf nicht schon wieder anfangen, an P. zu denken und schon gar nicht daran, was sie alles mit mir machen könnte. Kalt duschen müsste ich. Nützt kalt duschen überhaupt etwas?
Habe noch eine halbe Stunde Zeit, gehe mir mal die Beine vertreten. Das viele Herumsitzen und Zuhören und Rede-und-Antwort-Stehen macht mich müde. Laufe einfach mal hier in die Fußgängerzone und lasse mich treiben. Bummeln gehen. Wie meine Eltern. Immer nach Ladenschluss, damit sie nicht spürten, dass sie nichts hätten kaufen können, wenn sie gewollt hätten. Kein Geld, aber so viele Begehrlichkeiten. Die sie in den Auslagen der Schaufenstern liegen sahen, darauf deuteten und sich gegenseitig zeigten. Und keiner kam in die Verlegenheit, den anderen zu fragen:

„Willst du es haben?“, denn die Läden waren ja geschlossen. Untere Mittelschicht. Gerade genug, um keine Schulden zu haben und so zu tun, als könnte man sich das Leben leisten. Keinen Hunger, aber maßlosen Appetit.
Ich habe beides. Hunger und Appetit. Auf Leben. Will essen, trinken und lieben. Hintereinander, abwechselnd, alles auf einmal. Gierig, ohne Manieren, zügellos. Bis ich satt bin. Bis ich satt und erschöpft und glücklich einschlafe. Aber es müsste Sommer sein.
Bald wird es kalt. Berlin wird zu einem Albtraum. Regen, Schnee, Matsch, scharfer Wind. Dreckige Straßen, schmutzige Fenster, grauer Himmel, schlecht gelaunte Menschen überall. Wollte ich nicht in den Süden ziehen? Haben Viola und ich nicht immer davon geträumt, in eine Stadt zu gehen, in der die Leute netter zueinander sind und das Klima besser? Wann genau bleiben Träume auf der Strecke und warum merkt man es nicht einmal, wenn man zu zweit ist? Für Viola wäre es doch egal, wo wir leben. Wieso hat sie unsere Pläne vergessen?
Apropos vergessen. Wo ist Viola eigentlich?

Verglichen mit manchen anderen Tagen ist Stefanie heute brillant. Man hat den Eindruck, als spräche sie über ihr Fachgebiet. Mitreißender als sonst, als ob ihr ganzes Leben von der Verwirklichung der politisch gesteckten Ziele abhinge. Das Publikum hängt an

ihren Lippen. Das ist gut. Sie spürt das. Dann wird sie immer besser.
Sie war ein wenig ungehalten, dass ich so spät gekommen bin. Aber ich konnte mich einfach nicht losreißen aus der Champagnerstimmung. Nachdem ich begonnen hatte zu schreiben, schon gar nicht. Ich habe Jahre nichts mehr aufgeschrieben und heute sind die Worte nur so aus mir herausgeflossen.
Gleich morgen muss ich mir ein neues Buch mit leeren Seiten und gutem Papier kaufen. Und einen neuen Füller. Einen *Montblanc.* Eine wundersame Poesie will aus mir heraus, sie verdient hochwertiges Papier und königsblaue Tinte. Einen völligen Neuanfang. Das erste Gedicht für die Pantherfrau steht auf einer Serviette. Es werden sicher noch viele folgen. Aber dieses erste werde ich besonders gut aufbewahren. Als Anfang einer neuen Schaffensperiode. Ich werde die Texte vertonen und wer weiß, vielleicht werden sie der Grundstock für ein neues Soloprogramm. Lieder für einen Panther.
Ob es daran liegt, dass sie über Essen spricht? Über Mais und Soja und Obst? Wie gut, dass keine gebratenen Hähnchen an Bäumen wachsen, sonst wäre Stefanie überhaupt nicht mehr zu bremsen. Nein, das war jetzt gemein, so etwas darf ich nicht denken. Aber es ist doch schon auffällig, wofür sie sich in letzter Zeit interessiert. Oder nicht mehr. Kultur ist kein Thema, weder politisch noch zwischen uns. Theater, Musik, Filme, ja nicht einmal mehr Bücher entlocken Stefanie einen Kommentar. Dafür kann

sie ununterbrochen vom Essen reden. Hat das mit ihrer Herkunft zu tun? Ist es wirklich so, dass wir niemals loskommen von unseren Wurzeln? Stefanies schönste Kindheitserinnerungen sind die Momente bei ihrer Großmutter, wenn sie ihr dick geschnittene Butterbrote mit Salz reichte. Kein Wunder, dass sie heute so unersättlich ist. Aber sie war nicht immer so. Das ist neu. Als wäre sie ausgehungert. Fehlt ihr etwas?

Wenn das alles stimmt, wird es mit der Pantherfrau erst recht nicht einfach werden. Ob sie mich für mein Vermögen verachtet? Sollte ich es ihr verheimlichen? Aber das wäre nicht fair und ich könnte sie dann auch nicht daran teilhaben lassen. Nein, ich werde von Anfang an die Karten auf den Tisch legen. Vielleicht gefällt es ihr ja auch. Ein paar sorglose Stunden verleben zu können. Sich endlich etwas leisten zu können, worauf sie schon so lange verzichtet. Vielleicht kann ich ihr ein kleines Konto anlegen, eine Art Stipendium, damit sie nicht immer nach Geld fragen muss, wenn sie etwas mit mir unternehmen möchte. Oder falls sie mich gerne einmal in ein gutes Restaurant ausführen möchte. Natürlich nur so lange, wie sie keine richtige Arbeit hat. Sie sollte eine Ausbildung machen. Zweiter Bildungsweg. Bestimmt hat sie einen Traum. Eine eigene Gaststätte vielleicht?

Stefanie freut sich, dass ich einen Tisch reserviert habe. Gebe ihr ein Zeichen, warte draußen auf sie, fühle mich in diesen Zelten immer ein wenig eingeengt. Die vielen Kinder, die hemmungslos zwischen den Bänken herumlaufen, die Biergläser gefährlich nah am Tischrand, und die gestaute Luft so vieler ausdünstender Körper. Es wird Zeit, dass wir wieder nach Hause kommen. In unsere eigenen vier Wände. Und ich an meinen Flügel.

Partylaune hatte Manu nicht gerade, als die da rauskam. Voll geheult hat die. Mitten auf der Straße. So ist die gar nicht. Die heult sonst nie. Und erst recht nicht, wenn das jemand sehen kann. Hätt ich da hingehen sollen? Hätte die aber gleich geschnallt, dass ich ihr nachgerannt bin. So einen auf zufällig hätt ich nicht hingekriegt. Außerdem wollte ich auch nicht beim Heulen erwischt werden. Lässt mir aber keine Ruhe. Wenn die vom Doc kam, ist die vielleicht krank? Und wenn die vom Anwalt kam, hat die vielleicht echt 'n fettes Problem? Ob ich mal anruf?

Was soll ich denn sagen? „Hallo Manu, hab dich heulen sehen, was ist 'n los?" Und einfach so ist auch blöd, immerhin bin ich ja sauer, ob die jetzt 'n Problem hat oder nicht. Kommt auch gar nicht, heut Abend. Obwohl ihre kleine Schnalle schon da ist. Auch komisch. Dass die da ist und Manu nicht. Steht mit so 'nem Typen rum. Ist glaub ich 'n Kollege von Manu. Steht die auch auf Typen? Macht die sich hier 'n netten Abend und Manu hockt zu Hause und flennt? Tolle Braut! Passiert eben, wenn die so jung sind. Wissen noch nichts vom Leben. Denken, alles ist easy und Probleme haben nur die anderen.

Steffi ist heute auch nicht in Topform. Schreibt nur dauernd, dass sie nicht schreiben kann, dann soll sie's doch lassen. Ich sitz ja wohl nicht den ganzen Tag am Handy und wart auf 'ne Nachricht. So nötig hab ich's auch wieder nicht. Ob das überhaupt alles richtig ist, was ich da mach? Nach Berlin fahren, bloß wegen 'ner schnellen Nummer? Na ja, solange es nichts kostet. Muss man alles mitnehmen. Die Welt wartet nicht, die dreht sich. Mit oder ohne Petramaus.
Trockne mir mal die Hände ab und schick Steffi 'ne SMS. Mist, da kommt gerade Babsi. Dass die jeden Abend kommt, geht mir auch langsam auf die Nerven. Ich steh ja hier nicht rum, ich arbeite. Komm ich vielleicht zu Kuhne & Partner und glotze, wie sie Briefe schreibt? Quatscht erst mal 'ne Runde mit Su.
Babsi findet Su toll. Ich find Su nicht mehr so toll. Früher war die besser drauf. Da konnte man noch 'n Bierchen mit der zischen und im Sommer nachts raus zum Baggersee fahren, Scheiß machen. Oder zum Open-Air-Konzert. Aber seit die den Alten zu Hause hat, hat die ihr Privatleben eingestellt. Das will Babsi auch. Dass ich das mach. Manu nicht so. Die wollt nur nicht, dass ich was mit anderen anfang. Aber sonst konnt ich machen, was ich wollte. Die hing auch nicht dauernd auf mir drauf. An meinem Geburtstag, das war das Schärfste. Am Tag vorher durfte ich nicht nach Hause kommen. Und dann, nachts um zwölf, sind wir hoch auf 'n Dachboden. Ich dachte, jetzt will sie's ganz romantisch, aber dann bin ich fast umgefallen.

„Hier, für dich!" Hatte die mir voll das Zimmer eingerichtet. Mit Computer und eigenem Fernseher und 'nem Sofa zum Rumlungern. Damit ich meine Ruhe hab, wenn ich will. Voll geil. Seit ich bei Babsi wohn, ist Schluss damit. Nicht mal in der *Mutter* hab ich meine Ruhe. Eigentlich nur noch auf'm Klo.
Da geh ich jetzt erst mal hin, SMS an Steffi. Und danach in den Hof eine rauchen. Muss Su mal die Stellung alleine halten. Kann sich ja von Babsi helfen lassen. Ob ich Manu auch was schicke? Aber was? Die ist bestimmt jetzt allein zu Hause. Oder treibt die sich irgendwo rum?

Seltsam. Viola ist heute schon den ganzen Tag seltsam. Behandelt mich, als wäre ich zur Kur. Tut sie das nur, weil sie weiß, wie gestresst ich bin, oder gibt es etwas, das ich wissen müsste? Eigentlich aber auch ein netter Abend. Wir waren lange nicht mehr so ungestört essen. Schönes Restaurant, tolle Speisekarte, gemütliche Tische und ein sehr entspanntes Gespräch. Wir haben die nächsten Tage besprochen und dass wir nach der Wahl ein paar Tage wegfahren wollen. Wir sind Arm in Arm zurück zum Hotel gelaufen und am liebsten hätte ich ihr von P. erzählt. Aber das geht so natürlich nicht. Jetzt schläft sie.
Ich habe Viola meine Angst gestanden, dass wir verlieren können. Sie hat meine Hand genommen, mich sehr ernst angesehen und gesagt: „Es ist gut, wenn du mit dem Schlimmsten rechnest, dann

kannst du dich über alles andere freuen." Sie ist wirklich klug, manchmal vergesse ich das.
Fast komme ich mir schäbig vor, sie mit P. zu hintergehen. Aber was hat P. mit unserer Beziehung zu tun? Viola wird es nie erfahren und ich habe mir etwas erlaubt, das mir niemand verbieten kann: Lust. Und wenn daraus eine Affäre wird? Dann muss ich mit Viola reden. Sie auf Dauer zu betrügen, wäre nicht in Ordnung. Nicht nach all den Jahren der Offenheit. Offenheit? Sind wir eigentlich wirklich offen zueinander? Sehnt sich Viola am Ende auch nach einer anderen? Würde mich das stören? Oder beruhigen? Wäre ich eifersüchtig? Würde sie mich verlassen?
Ich frage sie einfach. Nächste Woche frage ich sie, ob sie mich wegen einer Affäre verlassen würde. Um zu wissen, woran ich bin. Und auch, ob sie wissen wollte, wenn ich eine hätte. Dann wird sie mich fragen: „Hast du denn eine?" Und ich werde sagen: „Ja." Wenn ich bis dahin eine habe. Vielleicht ist der Zauber ja auch vorbei, wenn P. und ich uns in Berlin treffen. Was, wenn die Lust wie weggeblasen ist? Und wenn schon. Dann gehen wir wie zwei erwachsene Menschen damit um und Kaffee trinken. Kaffee trinken mit P.? Kann ich mir nicht vorstellen. Eher, dass ich nicht weiß, was ich sagen soll. Mich benehme wie eine Fünfzehnjährige. Da konnte man wenigstens das Rollo herunterlassen und sich der Dunkelheit anvertrauen. Wie soll das überhaupt gehen?
Ich weiß: Ich deklariere es als Behandlung. Entspannungsmassage, Physiotherapie. Dann kann ich

auch etwas zu essen und zu trinken bestellen. Den Champagner kann ich vorher schon besorgen. Oder ist das zu dekadent? Aber das Ganze ist ja irgendwie dekadent. Vielleicht sollte ich sie vorher fragen, was sie essen mag. Wenn sie etwas essen mag. Ist ja eigentlich eher Kaffeezeit.
Eine Regenerationspause. Das wird drei Tage vor der Wahl bei meinem Mammutprogramm jeder verstehen. Muss ihr eine entsprechende Nachricht senden. Und ihren Namen endlich erfragen. Sie muss sich ja beim Pförtner anmelden. Offensiv. Ich deklariere sie einfach als meine Therapeutin, genau. Stimmt ja auch in gewisser Weise. Dann fällt auch niemandem ein reinzukommen oder sich etwas Komisches dabei zu denken.
Nein, das ist nicht schlimm. Auch Viola gegenüber nicht. So viel Freiheit steht mir zu. Ich tue damit ja niemandem weh. Aber mir tut es gut. Und zwar ganz außerordentlich.

Vorfreude ist die schönste Freude. Ich kann die nächste Woche kaum erwarten. Jetzt noch im Zug zurück nach Berlin, bald schon im Zug nach Braunschweig.
Stefanie schläft. Eigenartig, dass Menschen beim Schlafen immer den Mund leicht geöffnet haben. Manche schnarchen ja auch. Stefanie glücklicherweise nicht. Ich weiß nicht, wie ich damit umginge, wenn Stefanie schnarchen würde. Gudruns Freundin tut es. Sie hat schon alles versucht.

Auch weil es das Herz anstrengt. Aber nichts hilft. Deshalb haben sie getrennte Schlafzimmer. Oder ist das nur ein Vorwand? Gewöhnt man sich nicht daran, wenn man nur lange genug miteinander das Bett teilt? Gudrun sagt nein. Ich fände das eigenartig, Stefanie jede Nacht nach dem Einschlafen zu verlassen und in ein eigenes Bett zu gehen. Sie quasi zu bestrafen. Mich zu entziehen. Außerdem könnte ich dann gleich in mein eigenes Bett gehen, denn es gäbe keinen Grund mehr, bis zum Einschlafen zu warten. Lesen könnten wir auch jede für sich. Aber kuscheln nicht. Gute Nacht sagen und sich an den Körper der anderen schmiegen. Ob Gudrun und Sylvia es noch tun? Ob man es noch seltener tut, wenn man getrennte Schlafzimmer hat? Gar nicht mehr? Oder tut man es dann vielleicht wieder öfter, weil man sich überlegt, in welchem Bett man schlafen möchte? Mich würde es kränken, wenn Stefanie nicht neben mir schlafen wollte. Ganz gleich, aus welchem Grund.
Sie scheint etwas Schönes zu träumen, sie lächelt im Schlaf. Vielleicht träumt sie sich schon in die Regierung? Oder schafft sie es, wirklich abzuschalten und erlebt etwas Angenehmes im Traum?
Wenn wir ankommen, werde ich gleich Gudrun anrufen und sie wegen des Clubs befragen. Vielleicht sogar mit ihr zusammen hingehen. Es ist Zeit, dass ich mich mehr um meinen Körper kümmere. Seit Gudrun sich dort trainieren lässt, sieht sie gesünder aus. Nicht gerade jünger, aber rosiger. Die Aufnahmegebühr beträgt sechshundert Euro, ein Personaltrainer zweimal die Woche zweihundert.

Um die Spreu vom Weizen zu trennen, sagt Gudrun. Das hat mich immer abgehalten: Dass schlecht gekleidete, schwitzende Menschen mir bei Fitnessübungen zusehen könnten. Aber im *Ladys Club* gibt es wohl angemessene Verhaltensregeln und außerdem nur Menschen mit Manieren. Behauptet Gudrun und sie ist nun wirklich empfindlich, was das Benehmen anderer Leute betrifft. Deshalb hat sie manchmal Schwierigkeiten mit Stefanie. Was sie sich natürlich nicht anmerken lässt. Aber ich spüre das ganz genau. Mich haben früher auch eine Menge Dinge an Stefanie gestört. Zum Beispiel, dass sie keine Hausschuhe trägt. Oder immer alles stehen und liegen lässt. Oder mit den Fingern isst, wenn andere Leute am Tisch sitzen.
Wie die Pantherfrau sich wohl gibt? Wahrscheinlich wäre sie in meiner Gegenwart unbeholfen. Wollte alles richtig machen und wüsste nicht, wie. Eigenartig: Ich kann mir nichts vorstellen, was mir an ihr nicht gefallen könnte. Selbst der Geruch nach Spelunke oder ihre burschikose Art, sich zu kleiden, nicht. Dass sie rauchen oder trinken könnte. Äußerlichkeiten interessieren mich plötzlich gar nicht mehr. Als ob die Hülle nicht wichtig wäre. Als ob der wahre Kern im Unsichtbaren, im nur Fühlbaren steckte. Trotzdem will ich ihr gefallen. Will, dass sie sich mit mir in der Öffentlichkeit zeigt. Hand in Hand mit ihr durch Venedig flanieren. Denken: Seht her, wir gehören zusammen!
Ich möchte ihre Welt erleben. Auch wenn es wehtut. Denn ihre Welt muss wehtun. Verzicht schmerzt immer. Und doch – vielleicht ist es wahr,

dass Besitzlosigkeit von Sorgen befreit. Das Leben auch leichter macht. Es gibt noch so viel zu lernen für mich. Ich bin noch nicht zu alt. Für nichts.
Spandau. Wir sind gleich da. Ich muss Stefanie wecken. Wie kann ich all das denken und gleichzeitig liebevoll meine Lebensgefährtin anschauen? Sie am liebsten wie ein Kind auf den Arm nehmen und schlafend in ein Taxi tragen. Nach Hause bringen. Wo nichts mehr so sein wird wie noch vor ein paar Tagen.

P.S.: Ich muss deinen Namen wissen, um dich beim Pförtner anzumelden. Bring deinen Ausweis mit!
Was soll ich? Jetzt mal ganz langsam. Erst mal das Teil hier ausdrucken. Sieht überhaupt nicht aus wie 'ne Fahrkarte. Wenn das Verarsche ist, raste ich aus. Versteckte Kamera oder so 'n Scheiß. Ich auf Steffitrip und vor der Glotze lacht sich Manu schlapp. Quatsch, jetzt mal locker bleiben. Ich seh Gespenster.
So. Jetzt noch mal lesen. Ich soll sagen, ich bin die Physiotherapeutin? Mich „entsprechend anziehen?“ Soll ich im weißen Kittel kommen? Hat die 'ne Macke?
Physiotherapeutin, was ist das überhaupt? Geht man da nicht hin, wenn man sich beim Fußball verletzt hat? Oder was am Kreuz hat? Sehen die nicht ganz normal aus? Ist das nicht so was wie Kerstin, 'ne Krankengymnastin? Also ich zieh an, was ich immer anhab, mach doch nicht den Affen in Berlin!

Wieso soll ich da überhaupt meinen Ausweis vorzeigen? Dachte, ins Parlament kann das ganze Volk rein. Tun doch immer so, als wären die so cool. Oder haben die jetzt auch Schiss, dass denen ’ne Bombe auf ’n Kopf fällt? Die ausgerechnet Petramaus in der Tasche hat. Na, also bitte, Ausweis.
So und jetzt noch was schreiben.
Aber was?
Was Witziges wär gut, fällt mir aber nichts ein auf die Schnelle. Und schnell muss sein, Babsi hat gleich Mittagspause, da kommt sie meistens nach Hause. „Was machst du denn da?“, würd sie sagen und auf den Bildschirm gaffen. Also: *Alles klar. Petra Bartels.* Das ist ja wohl total bescheuert. Klingt wie ’n Klempnerauftrag. Weg damit. Aber was Heißes kann ich nicht schreiben, wer weiß, wer das liest. Muss was Ungefährliches sein. Irgendwas mit Termin. Wegen der Krankengymnastik. Wie heißt das denn noch mal schnell, was die da machen? Anwendung? Nein, ich weiß: *Termin geht klar, freue mich auf die Behandlung. Mit freundlichen Grüßen Petra Bartels.* Das ist voll gut. Klingt echt echt.
Wenn das Manu wüsste. Würd ihr gefallen, die Nummer. Ob ich sie einweih? Wär aber sauer, wenn sie nicht eifersüchtig wär. Ist mir doch egal, ob die längst ’ne andere hat. So schlimm war’s auch nicht mit mir. Immerhin hat sie geheult, als sie mich vor die Tür gesetzt hat. Wieso eigentlich? Und wieso hat sie gestern geheult? Und warum ist sie nicht in die *Mutter* gekommen? Irgendwas ist da los. Ist mir immer noch nichts eingefallen, weswegen ich sie anrufen könnte.

Wird die vielleicht jetzt gefühlsduselig, weil sie über vierzig ist? Kommt ja dauernd in der Glotze. Wechseljahre. Aber so heißt das nicht mehr. Gibt's irgend so 'nen anderen Namen, den jetzt alle benutzen. Klingt schicker. Fällt mir aber nicht mehr ein. Ich krieg das sowieso nicht. Ich nehm Pillen. Muss es ja welche geben. Gibt ja gegen alles Pillen. Außer gegen Krebs. Da gibt's nur Chemo und die hilft nicht. Sonst würd Mutti ja noch leben.
Gegen Liebeskummer gibt's auch nichts. Aber Liebeskummer krieg ich sowieso nicht. Bin ja nicht bescheuert. Hat man ja selber in der Hand. 'ner Braut nachzuheulen oder sie abzuschreiben. Ich mach kurzen Prozess. Und tschüss. Sonst ist man ja ewig damit beschäftigt. Was weg ist, ist weg.
Am besten wär sowieso 'ne eigene Bude. Machen, was ich will, kommen und gehen, wann ich Bock hab. Aber da müsst ich dauernd einkaufen und kochen und so. Und langweilig wär's auch. Würd ich am Ende wie mein Alter: Den ganzen Tag vor der Glotze hocken und weiße Mäuse sehen.
Am allergeilsten wär aber 'ne richtige Ehe. So Mann und Frau, bloß ohne Mann. Wo klar wär, das war's jetzt: Mit der bleibste bis zum Schluss zusammen, egal, was passiert. An der müsste natürlich alles stimmen. Gut aussehen, nicht doof sein und 'n guten Job haben, wegen der Kohle. Oder ich würd mir was anderes suchen. Für 'ne richtige Braut würd ich mir auch 'n richtigen Job suchen.
Für Babsi nicht. Babsi ist nicht diejenige. Babsi ist irgendwie 'n Übergang. Steffi? Zu schlau. Die will bestimmt dauernd labern und wichtig sein.

Außerdem reist die zu viel in der Gegend rum. Ist ja nie zu Hause so als Politikerin. Würd mir nicht passen, wenn meine Braut dauernd irgendwo anders wär. Ohne mich. Und sich dann solche wie mich aufreißt. Müsst ich ja als Leibwächter immer mitkommen und auf solchen Laberveranstaltungen rumhängen. Immer im Hotel erst können. Oder im Büro. Zwischen zwo und vier. Auch nicht schön auf Dauer.
Ich will was Anständiges. Was für's normale Leben. 'ne Lehrerin zum Beispiel.

Sollte vor dem Mittagessen meine E-Mails checken. Vielleicht reicht es auch, gleich mit Bernd zu telefonieren. Er kann sich ja einloggen und nachsehen, ob etwas Wichtiges dabei ist. Von welchem Account habe ich eigentlich P. geschrieben? O je – hoffentlich hat sie nichts Schlimmes zurückgemailt. Muss sofort an meinen Laptop, nachsehen. Auf dem Handy hat sie sich seit gestern Abend nicht mehr gemeldet. Ob sie eine Freundin hat und aufpassen muss wie ich?
Wieso dauert das denn so lange? Haben wir nicht DSL? Muss mein Passwort ändern. Jetzt gleich. Was nehme ich denn? Wenn ich wüsste, wie sie heißt, würde ich ihren Namen nehmen. Geht aber nicht. Aber was mit P. Oder etwas, das mich an sie erinnert. Ja, das ist es, da kommt nie jemand drauf: *Praunschweig.* Bestätigen. So. Jetzt darf ich es nur nicht vergessen. Irgendwo aufschreiben. In den

Kalender: Stadt mit falschem Anfangsbuchstaben. Das merk ich mir. Sollte ich es jemals vergessen. Was ich nicht glaube. Kann ja nicht einmal eine winzige Berührung vergessen.
Hier, da ist sie: *pspetty@yahoo.de.* Kein neuer Betreff, nur zurückgesendet.
Termin geht klar, freue mich auf die Behandlung. Mit freunglichen Grüßen Petra Bartels. Petra. Hab ich's mir doch gedacht. Petra Bartels. Und witzig ist sie auch noch. Hat es also verstanden. Und sie kommt, sie kommt wirklich. Wunderbar. Hilfe! Um Gottes willen!
Viola kommt die Treppe hoch. Schnell eine andere E-Mail öffnen. Das Protokoll von der letzten Energieausschusssitzung. Vertieft tun. Den Ich-will-nicht-gestört-werden-Blick aufsetzen. Sie kommt trotzdem an den Schreibtisch. Stellt sich hinter mich. Macht sie das sonst auch, wenn ich am Computer sitze? Massiert meine Schultern. Ich will das jetzt nicht. Bin ganz verkrampft. Sie merkt es. Hört auf. Sie wird denken, ich weise sie zurück. Muss ihre Hand nehmen, will sie nicht verletzen. Sie lächelt wieder. Alles in Ordnung. Werde Petras Mail nicht noch einmal lesen. Später vielleicht. Fühle mich ertappt.
Ich kann das nicht. Viola betrügen. Jedenfalls nicht lange. Es ist ein schreckliches Gefühl, in der eigenen Wohnung etwas zu verstecken. Mich zu verstecken.
Was? Wieso kommt Viola nicht mit? Sie geht sich einen Fitnessclub anschauen und kommt dann nach? Viola? In einen Fitnessclub? Drehen denn jetzt alle hier durch?

Setzt mich im Büro ab und kommt später wieder vorbei. Ganz reizend.
Werde ihr jetzt nicht sagen, was ich davon halte. Dass ich ausgerechnet jetzt, in den letzten Tagen, Unterstützung bräuchte. Positives Feedback. Einen Fixpunkt an meiner Seite. Eine Partnerin. Außerdem habe ich für sie mitreserviert. Wie sieht das denn aus, wenn neben mir der Platz frei bleibt. Muss Bernd sagen, dass er mitkommen soll. Wenn schon nicht die Freundin, dann wenigstens der persönliche Assistent. Referent, ich meine natürlich Referent. Herrje, ich muss aufpassen!
Kann Viola nicht irgendwann anders in diesen verdammten Club gehen? Muss das heute sein? Mit Gudrun. Natürlich. Die hat ja wohl überhaupt keine Ahnung, worum es hier gerade geht. Die wurde ja quasi in die politische Elite hineingeboren. Nur leider auf der falschen Seite.
Nein, schon in Ordnung, nein, macht mir gar nichts aus, wieso bin ich komisch? Ich bin überhaupt nicht komisch, du bist komisch, aha, lass mich doch einfach in Ruhe und kümmere dich um deine Figur. Gibt ja im Augenblick nichts Wichtigeres. Ungerecht. Ja, natürlich, ich bin ungerecht. Kann ich jetzt alles gerade gebrauchen. Ist genau der richtige Moment für Streit. Ganz toll. Nur weiter so!

Verständnis darf ich von Stefanie im Moment wohl nicht erwarten. Wie viel halte ich eigentlich aus? Dienstag, heute ist

Dienstag. Mittwoch, Donnerstag, Freitag, Samstag – dann kommt endlich der Sonntag. Am Sonntag um achtzehn Uhr ist alles vorbei. Wäre es nur endlich schon so weit!
Stefanie ist ungerecht. Ich wusste überhaupt nichts von dem Mittagessen. Und schon gar nicht, dass ich auf der Gästeliste stehe. Da habe ich ein einziges Mal etwas anderes vor, bin ein einziges Mal nicht rund um die Uhr für sie da, und schon stellt sie mich hin, als kümmerte ich mich nicht um sie. Sie kann meine Zuverlässigkeit überhaupt nicht mehr schätzen. Wahrscheinlich sieht sie das alles nicht einmal mehr, nimmt es als selbstverständlich hin. Undankbar. Jawohl. So nennt man das. Nicht, dass ich es nicht gerne täte. Bislang war es zumindest so. Ich glaube, Gudrun hat einen guten Griff getan. Ja, dieser Club hier hat wirklich Klasse und Stil. Aber ich habe auch nichts anderes von Gudrun erwartet. Im Unterschied zu mir hat sie sich natürlich neu dafür eingekleidet. Das ist mir ein wenig peinlich. Ich hatte überhaupt keine Zeit zum Einkaufen. Überhaupt habe ich so lange nicht mehr wirklich auf mein Äußeres geachtet. Und wann sollte ich denn auch einkaufen gehen, in Ruhe und mit Muße? Ganz zu schweigen davon, es zusammen mit Stefanie zu tun. Früher sind wir oft shoppen gegangen und haben stundenlang in Boutiquen gestöbert. Für Stefanie war das neu und sie hatte große Freude daran, alles Mögliche anzuprobieren. Weil sie es sich zum ersten Mal in ihrem Leben leisten konnte, nicht auf den Preis zu achten. Oder besser gesagt, weil ich es mir leisten kann. Mir war das immer schon

wichtig. Kleider machen Leute. Das ist nicht nur ein Sprichwort. Es ist wahr. Selbst hier in diesem Club. Oder gerade hier, wo man unter sich ist.
Die meisten tragen dezente Farben. Kombinationen in beige, grau, hellblau. Hier und da ein weißes gebügeltes T-Shirt und bunte Söckchen. Auch die Sportschuhe sind nicht mehr weiß wie meine noch. Immerhin war die blaue Tennishose aus feinem Frottee kein völliger Fehlgriff. Sie ist wie neu und der Schnitt zeitlos. Aber ich benötige eine dieser legeren engen Jacken.
Und einen neuen Badeanzug! Meiner sieht neben den Modellen, die hier vorherrschen, geradezu altertümlich aus. Aquagymnastik. Gudrun schwört darauf. Sie sagt, es gebe nichts Besseres zur Stärkung der Muskulatur. Und außerdem sieht man nicht, was man dabei für eine Figur macht, weil man unter Wasser ist. Das kommt mir entgegen. Ich stelle mich nicht gern zur Schau und die Vorstellung, vor anderen außer Atem zu geraten, ist mir unangenehm.
Gudrun kommt jeden Morgen hierher. Das halte ich für übertrieben. Aber ich muss zugeben, sie sieht wirklich sportlich aus, wie sie da drüben auf dem Fahrrad sitzt. Und wie charmant sie mit der Trainerin lacht! So kenne ich sie gar nicht. Die Umgangsformen sind hier sehr angenehm. Freundlich, aber distanziert, das Servicepersonal ist hervorragend geschult. Immer zugegen, aber nie aufdringlich.
Jetzt kommt die Trainerin zu mir. Die fünfzehn Minuten Fahrradfahren sind gleich um. Gudrun nickt mir aufmunternd zu. Ich hasse es, wenn ich

Dinge zum ersten Mal tue und man sieht mir dabei zu. Hoffentlich gehen wir zu den Geräten um die Ecke, wo Gudrun mich nicht beobachten kann.
Abduktoren? Du lieber Himmel, was ist das denn? Das sieht ja aus wie bei meiner Gynäkologin! Muss ich das machen? Die ältere Dame dort macht es auch. Es scheint kein Aufsehen zu erregen.
Zur Stärkung der Oberschenkelmuskulatur. Schon das bloße Besteigen des Gerätes ist mir peinlich. Hoffentlich schaut Gudrun nicht zu. Und jetzt? Zusammenpressen? Das schaffe ich nie. Jetzt geht es. Weniger Gewicht? Bin ich ein Schwächling? Habe ich mich nicht genug angestrengt? Die Trainerin verzieht keine Miene. Ob sie insgeheim lacht?
Da kommt Gudrun. Ja, alles in bester Ordnung. Kein Problem. Nur nicht aufhören. Keine Anstrengung anmerken lassen. Wie oft soll ich das machen? Dreimal hintereinander zehnmal? Ich glaube, zweimal reicht auch. Oder zählt die Trainerin etwa mit?

Petzen wär das, macht man nicht. Manus junger Hüpfer wieder da. Trifft sich abwechselnd mit Typen und mit Mädels. Ist wahrscheinlich bi. Oder so jung, dass sie gar nicht weiß, was sie ist. Ob ich Manu das stecken soll? Nein, gehört sich einfach nicht. Muss sie schon von selbst drauf kommen. Hab noch nie gepetzt. Misch mich da nicht ein. Ob die gar nicht mehr zusammen sind und die Kleine sucht sich schon was Neues? Ob Manu deswegen geflennt hat?

Morgen Berlin. Zugfahren. Erste Klasse. Voll der Luxus, nicht tanken müssen, nicht gucken, wie ich fahren muss. Könnt ich eigentlich 'n Bierchen auf der Fahrt. Kriegt man da bestimmt gebracht. Hab ich mal in 'ner Werbung gesehen. Saß da einer im Zug und der Kontroletti hat ihm was auf'm Tablett gebracht. Ob das teuer ist? Vielleicht nehm ich mir besser was mit. Dauert schließlich anderthalb Stunden. Was macht man da bloß die ganze Zeit? Gibt's da vielleicht Fernsehen, wie im Flieger? Könnte mir Babsis MP3-Player leihen. Meiner ist noch bei Manu. Gehört zu den Sachen, die noch bei der sind. Was eigentlich noch? Kann ja wohl nicht mehr viel sein. Scheint sie aber mächtig zu stören. Wegen der Kleinen? Wenn die aber doch gar nicht mehr da hingehört? Versteh ich nicht. Vielleicht hat die ja gesagt, sie zieht erst ein, wenn meine Sachen alle draußen sind. Wieso bringt Manu die mir dann nicht? Da versteh einer die Mädels.

Apropos Mädels. Wo ist eigentlich Su? Die Leute an den Tischen werden schon unruhig. Ja ja, bring dir gleich dein Bierchen, Mann! Geht mir auch langsam auf den Sender, der Job hier. Stundenlang zapfen, dusseliges Zeug quatschen und gucken, dass sie auch schön alle die Kohle abdrücken. Könnt mir auch was Besseres vorstellen. Aber was? Ob ich das doch noch mal probier mit der Fahrerei? Angie hat gesagt, nach 'ner Weile ist das raus aus'm Führungszeugnis. Muss man irgendwie 'n neuen Wisch beantragen und dann ist man wieder sauber. Das wär cool. Dann würd ich mich bei 'ner Spedition bewerben. Angie kennt eine, die auch Frauen nimmt. Und dann ab die Post. Tschüss Babsi, tschüss Steffi, tschüss Manu.

Da kommt Su wieder. Wie sieht die denn aus? Ach du liebe Scheiße, die heult ja! Hab ich was an mir, dass alle neuerdings in meiner Nähe flennen? Bestimmt wegen ihrem Macker. Hab ich ja gleich gesagt. Also, erst mal Platzwechsel. So, Schätzchen, stell dich hinter die Theke, zapf bisschen Bier, das lenkt ab. Wo ist das Portemonnaie? Okay. Dann mal los. Ja, komm ja schon. Ich hasse kellnern! Rumkommandiererei hoch zehn.

Was hat der jetzt gesagt? Großes oder kleines? Egal, der kriegt 'n großes, kleine gehören eh verboten. Die reinste Gläserverschwendung.

Mein Handy. Ausgerechnet jetzt. Erst mal Bestellung bei Su abgeben. So. Schnell gucken.

Berührst du mich? S.

Na, die hat Nerven. Schnell antworten, damit Ruhe ist.

Heute alle Hände voll zu tun. Morgen ja. P.

Senden. Mann, ist das Tablett voll. Spinnt Su? Sind wir hier auf'm Oktoberfest? Ein kleines? Jetzt nimmste das große und hältst den Rand, Alter. War die SMS an Steffi uncool? Denkt die, ich betatsch gerade 'ne andere? Wär auch blöd. Nicht, dass die 'n falsches Bild von mir kriegt! Noch mal schnell was nachschieben. Aber was? Ich weiß:

Muss gerade arbeiten. Aber ich denk dran. P.

Da kommt Babsi. Schnell Handy wegstecken. Schick ich später. Wenn Su wieder übernimmt. Die sieht schon wieder besser aus. Sag Babsi, dass sie sie päppeln soll. Und 'nen Wodka kriegt sie auch.

Also Su. Babsi nicht. Die kriegt ’ne Cola. Sonst fällt die noch vom Hocker.

Sieben Uhr siebenundvierzig. Noch über sechs Stunden. Ich weiß überhaupt nicht, wie ich das aushalten soll. Habe das Gefühl, Viola muss mir meine Aufregung förmlich ansehen, aber sie liest wie gewohnt die Zeitung. Ich bin viel aufgeregter als vor einem Auftritt, wenn ich vor vielen Leuten sprechen muss. Dabei kann ich heute meinen Text nicht vergessen, weil es gar keinen Text gibt, oder?

Ob sie auch tatsächlich kommt? Es sich nicht im letzten Moment noch anders überlegt? Ihre Nachricht klang aber so, als würde sie sich darauf freuen, mich zu sehen. Ich freue mich. Nein, ich bin verrückt vor Ungeduld. Kann es kaum erwarten.

Aber ob es die richtige Entscheidung war? Jetzt, so wenige Tage vor der Wahl? Hätte ich nicht geduldiger sein müssen? Müssen, was heißt müssen? Ich kann mich nicht gedulden, weil ich sowieso die ganze Zeit an sie denken muss. Also ist es richtig, sie wenigstens kurz zu sehen. Vielleicht kann ich mich danach wieder besser auf meine Arbeit konzentrieren. Auf die tausend Dinge, an die ich eigentlich denken müsste.

Was soll ich nur anziehen? Am besten etwas, das nicht so leicht knittert. Aber etwas mit Knöpfen. Sie soll mir die Bluse aufknöpfen, unbedingt. Einen der BHs, die vorne aufgehen? Weiß oder schwarz.

Eine dunkle Bluse? Die blaue? Bei der sieht man so schnell Schweißflecken unter den Armen. Und so aufgeregt, wie ich bin, schwitze ich bestimmt sehr. Lieber eine helle Bluse. Und den weißen BH. Eine Hose, die nicht so eng ist. Was muss ich eigentlich sonst noch machen, heute? Mindestens drei Veranstaltungen und abends ein Essen. Keine große Presse. Vielleicht sollte ich salopp ins Büro gehen und für später am Tag etwas anderes mitnehmen. Mich später im Büro umziehen. Ich will auf keinen Fall zu streng aussehen. Lieber ungezwungen. Sportlich.
Viola geht ja neuerdings ins Fitnessstudio. Sie nennt es allerdings Club. Möchte mal wissen, wo da der Unterschied ist, außer bei der Höhe des Monatsbeitrags. Möchte lieber gar nicht wissen, wie hoch der ist. Dekadent. Na ja, soll sie. Ich habe für so etwas keine Zeit. Aber ich sollte wieder anfangen, joggen zu gehen. Das tut mir gut. Eigentlich könnte ich jetzt joggen gehen, das würde mich ablenken. Habe allerdings schon zwei Toasts gegessen und mit vollem Magen soll man nicht laufen. Morgen. Nein, nach der Wahl. Dann beginnt sowieso ein anderes Leben. So oder so.
Telefon. Viola geht schon. Erwartet sie einen Anruf? Für mich? Ist das Petra? Ruft sie etwa an, um mir zu sagen, dass sie nicht kommt?
Wer? Ach, Brigitte! Um Gottes willen. Wieso das denn? Das darf ja wohl nicht wahr sein! Muss sofort ins Büro. Verdammt, das hat mir gerade noch gefehlt! Kornmüller! Natürlich. Kornmüller, wer sonst. Idiot.

Muss Bernd anrufen. Wo ist jetzt dieser verdammte BH? Was ruft Viola von unten? Erklär ich ihr später, keine Zeit jetzt. Gibt bestimmt eine Pressekonferenz. Hoffentlich nicht zwischen zwei und vier. Ich raste aus, wenn es irgendetwas Offizielles zwischen zwei und vier gibt. Wie kann man nur so bescheuert sein? Na ja, Kornmüller, kein Wunder. Wenn ich den in die Finger bekomme.
Taxi. Viola muss mir ein Taxi rufen. Duschen, Zähneputzen, anziehen. In einer Viertelstunde bin ich fertig.

Verführerische Trainingshosen. Ob es so etwas gibt? Möglicherweise wird mich eines Tages die Pantherfrau in den *Ladys Club* begleiten und dann möchte ich, dass sie stolz auf mich ist. Mich attraktiv findet. Ob sie auch in ein Fitnessstudio geht? Bestimmt, bei diesen Oberarmen. Aber es ist ganz sicher kein gehobener Club. Eher eines dieser Studios, in denen man sich alles Mögliche in der Umkleidekabine holt. Unser Club wird ihr gefallen, das weiß ich. Sie wird es lieben, ihren Körper in einem solch anspruchsvollen Ambiente zu stählen. Mit Blick über die ganze Stadt. Ich könnte ihr, neben der Gebühr, auch einen Personaltrainer bezahlen. Wenn sie besondere Wünsche hätte. Aber wie oft wird sie es überhaupt einrichten können, von Braunschweig nach Berlin zu kommen? Und wo soll sie hier eigentlich wohnen? Bei Stefanie und mir – nein, das ist vollkommen ausgeschlossen. Ich werde ihr ein Hotelzimmer bezahlen, natürlich dezent. Ich werde schwindeln und sagen, es sei gar nicht so teuer. Oder sollte ich eine kleine Wohnung anmieten? Das wäre wahrscheinlich wirtschaftlicher, langfristig gedacht. Zwei Zimmer, Balkon, natürlich nicht im Hinterhof. Ich kann es mir richtig vorstellen. Ein kleines, geheimes Nest. Für die Einrichtung würde ich natürlich auch sorgen. Dann könnte sie zunächst an den Wochenenden kommen und später vielleicht sogar ganz hierher ziehen. Mit ihrer Gastronomieerfahrung findet sie in Berlin bestimmt leicht eine Arbeit. In einem etwas besseren Etablissement als diese Spelunke in Braunschweig. Dort muss sie unbedingt aufhören. Das ist nicht gut für sie. Das ist für niemanden auf Dauer gut. Ich muss mich noch um so vieles kümmern!

Dass Stefanie aber auch überall ihre Sachen herumliegen lassen muss! Und Irina sorgt auch nicht gerade für Ordnung. Es riecht gar nicht frisch in der Wohnung, schon gestern, als wir nach Hause kamen, ist es mir aufgefallen. Ich hatte ihr doch ausdrücklich gesagt, sie solle das neue Putzmittel benutzen und außerdem immer, ganz konsequent, gründlich Staub wischen. Es ist einfach auf niemanden Verlass. Alles muss man selbst machen.

Stefanies Jackett, ganz verknittert. Kein Wunder, wenn sie es so achtlos auf dem Sofa liegen lässt. Und wer soll das wieder bügeln? Irina wohl kaum. Stefanie erst recht nicht, sie kann gar nicht bügeln. Also werde ich es natürlich wieder tun. Am besten, ich mache es gleich. Vielleicht braucht sie es heute

Abend. Was ist denn das hier, in der Tasche? Du lieber Himmel! Jetzt hat sie auch noch ihr Handy vergessen! Das braucht sie doch. Sie ist ja nur ein halber Mensch, wenn sie nicht dauernd jemanden anrufen kann. Ich muss sie anrufen. Obwohl das gar nichts nützt. Wahrscheinlich hat sie längst gemerkt, dass sie es vergessen hat und ärgert sich. Ich bringe es ihr einfach vorbei, später, wenn sie in ihrem Büro ist.

Auf dem Weg zu Stefanie könnte ich nach Sportbekleidung Ausschau halten und auf dem Rückweg einen Abstecher in den Club machen. Dann packe ich jetzt gleich meine Badesachen und ein Saunatuch ein. Danach könnte ich mich massieren lassen; Gudrun sagt, es gebe eine Thaimassage bei einer Masseurin im Angebot, die einfach göttlich sei. So drückte sie sich aus. Und den Yogakurs nachmittags um fünf müsse ich ebenfalls unbedingt probieren.

Am besten, ich nehme den Wagen, parke in einem der Parkhäuser auf der Friedrichstraße und erledige alles in einem. Vielleicht finde ich dabei auch noch etwas Hübsches zum Anziehen für mich für nächste Woche. Etwas Jugendlicheres, Frisches, Bequemes. Unkompliziert. Schlicht, aber schön. Genau richtig, um eine kleine Reise nach Braunschweig zu unternehmen.

Passt eigentlich noch ein Stück Kuchen in mich rein oder was Belegtes. Im Zug war zu teuer. Zwei siebzig für 'n Kaffee! Voll der

Wucher. Bier wär billiger gewesen, hab ich aber erst hinterher gemerkt. Aber das kann ich später noch, vielleicht mit Steffi. Ist ja klasse, dass die einem alles an den Platz bringen. Waren voll nett, die Kontrolettis, kann man nicht meckern.

Bloß blöd, dass man alles berappen muss. Wieso ist das eigentlich nicht umsonst, so wie damals im Flieger nach Malle? Oder hat Manu das gelöhnt? Dachte, in der ersten Klasse wär das auch all inclusive! Sind ja eigentlich Spesen, könnte ich Steffi auf die Rechnung setzen. Aber na ja. Ich zahl ja sonst nichts.

Das Einzige, was es gratis gab, war die Zeitung. So 'ne voll langweilige ohne Bilder. Nur Artikel über Politik und so. Kein Bild von Steffi drin. So wichtig ist die nun auch wieder nicht. Außer mir nur so Tussen und Schlipstypen mit Computern im Zug. Möcht nur mal wissen, was die die ganze Zeit getippt haben. Briefe? Ich hab bei der Fahrt einfach rausgeguckt, kann ich ja sonst nie, so Landschaft sehen. Eigentlich ganz gemütlich.

Hätte mir aber paar Stullen mitnehmen sollen. Mach ich das nächste Mal. Wenn's ein nächstes Mal gibt. Wenn's gut kommt.

Was kosten die Brötchen hier? Die spinnen ja wohl. Das ist kein Bäcker, das ist 'ne Apotheke! Außerdem sind die voll mickrig. Ist ja überhaupt nichts drauf. Hoffentlich gibt's bei Steffi was zu beißen. Sonst fall ich noch vom Fleisch. Und das wär schlecht, ausgerechnet heute. Hatte gar nichts Richtiges zum Frühstück. Babsi ist zwar früh weg, hat mich aber die ganze Zeit so misstrauisch beäugt. Ich cool.

Hat aber gemerkt, dass ich was vorhabe. Und wenn schon. Mir doch egal. Die kommt nie drauf, wo ich gerade bin.
Wo muss ich denn jetzt überhaupt hin? Zum Ausgang, wo man die Kuppel sieht, hat Steffi geschrieben. Komisch, den Bahnhof hätt ich mir schicker vorgestellt. Ist doch immerhin die Hauptstadt. Muss doch was hermachen für die Touristen aus dem Ausland. Sieht auch nicht viel anders aus als in Braunschweig oder Hannover. Nur größer. Paar mehr Geschäfte. Aber sonst?
Da ist die Kuppel vom Reichstag, da ist also Steffi drin. So 'ne Art von Hausbesuch hab ich auch noch nicht gemacht. Mal auf das Zettelchen gucken:
Du gehst einfach aus dem Ausgang, von dem aus du die Kuppel siehst, raus.
Bin schon raus. Und jetzt?
Dann gehst du geradeaus über den Platz, über die Ampel und über die kleine Brücke.
Dann mach ich das mal. Sieht ganz anders aus als im Fernsehen in den Nachrichten. Irgendwie kleiner. Ist ja auch noch 'n Stückchen weg. Hoffentlich nicht ewig. Laufen ist ungeil. Dauert und nervt. Was fotografieren denn die ganzen Japaner da? Den Bahnhof? Na, so schön ist der auch wieder nicht! Und da drüben, was ist das für ein Hochhaus? Hängt 'ne Werbung dran für Strom. Hat ja auch Steffi von geredet. Scheint 'n echtes Thema hier zu sein.
So, mal gucken, wie's weitergeht. Ob ich auch mal 'n Foto mach? Sonst glaubt mir das Manu ja nie! Wie gut, dass der Apparillo hier neulich vom Laster

gefallen ist. Mal sehen. Angie hat mir das doch erklärt. Hier größer machen, da kleiner, hier alles automatisch. Das ist gut, soll das Ding mal schön von selber alles richtig machen. Petramaus drückt nur drauf. Einmal Bahnhof, zack. Und einmal Kuppel von Weitem. Später mach ich noch eins von kurz vorher. Und wenn's geht, von drinnen. Manu fallen die Augen aus dem Kopf, wenn ich der das zeig: Ich allein in Berlin!

Sofa, ja, Sofa ist am besten. O je, bin ich aufgeregt! Ich setze sie aufs Sofa. Wohin denn sonst? Etwa an meinen Schreibtisch? Und wenn es ihr hier überhaupt nicht gefällt? Wenn es ihr zu aufgeräumt und glattgeleckt ist? Doch für solche Überlegungen ist es jetzt zu spät. Gott, bin ich aufgeregt, das darf ja wohl nicht wahr sein, ich habe ganz feuchte Hände. Feuchte Hände sind abstoßend. Kornmüller zum Beispiel hat feuchte Hände. Nein, jetzt nicht an Kornmüller denken. Und schon gar nicht an feuchte Hände. Soll ich ihr denn die Hand geben? Überhaupt, wie soll ich sie nur begrüßen?

Das Telefon. Bernd. Sie ist da! Ja, natürlich soll er sie direkt hereinlassen. Hab ich ihm doch vorhin schon gesagt. Auch, dass es meine Physiotherapeutin ist. Hört er mir nicht zu? Hat sie sich verplappert?

Was sag ich als Erstes? Es klopft. Schnell durch die Haare streichen, gut aussehen, ich muss gut aussehen. Soll ich zur Tür gehen? Nein, lieber hier sitzen

bleiben. Erst aufstehen, wenn sie hereinkommt. Gott, ich kriege gleich einen Herzinfarkt!
„Herein."
O je, wieso sag ich denn „herein"? Das sage ich doch sonst auch nie. Was sag ich sonst? Egal. Und wie meine Stimme klingt! Ganz kratzig und gleichzeitig piepsig. Als wäre ich im Stimmbruch. Dabei kriegen das doch nur Jungs. Nicht die zweiundvierzigjährige Dr. Stefanie Krause! Hoffentlich findet sie meine Stimme jetzt nicht unerotisch.
Die Klinke bewegt sich. Hilfe! Die Tür öffnet sich. Gleich. Jetzt.
Bernd? Was macht er denn hier? Wieso bringt er sie herein? Und wieso grinst er so blöde? Ahnt er etwas?
„Bitteschön, Frau Dr. Krause erwartet Sie!"
Sie nickt, sagt nichts. Ich muss etwas zu Bernd sagen. Etwas Seriöses.
„Dankeschön. Bitte keine Störung die nächsten zwei Stunden. Auch kein Telefon. Die Behandlung dauert bis etwa sechzehn Uhr, ja?"
Jetzt hat er es begriffen. Oder reißt er sich nur zusammen? Wieso geht er nicht? Endlich. Er geht. Tür zu.
Gott, sieht sie gut aus. Einfach fantastisch. Noch besser, als ich sie in Erinnerung hatte. Und dieses herbe Parfum. Ich kann es schon riechen. Ja, komm herein, sieh dich nur um, ja, das ist mein Abgeordnetenbüro, gefällt es dir? Was rede ich bloß? Was soll dieser Unsinn? Sollte sie lieber fragen, ob sie ein Glas Champagner möchte. Gott sei Dank, sie nickt. Grinst. Wie am Sonntag in

Hannover. Hätte ihr die Jacke abnehmen sollen, jetzt hab ich keine Hand mehr frei.

Mist, der Teppich, Sauerei. Kann keine Champagnerflasche mehr öffnen, konnte ich ja noch nie, aber ausgerechnet jetzt. Läuft alles über, spritzt auf den Boden. Ist auch nicht kalt genug. Vielleicht war Champagner doch keine so gute Idee? Könnte allzu dekadent wirken. Ach was. Wenn ich mich bloß nicht bekleckert hätte. Hab ganz klebrige Hände. Wo wisch ich die jetzt ab? An der Hose?

Wollen wir uns setzen? Die Jacke. Gott sei Dank, sie zieht sie von selbst aus. Ich zittere. Mit den Gläsern zum Sofa. Sie kommt mit, ein Glück, Stein vom Herzen. Wie hätte das wohl ausgesehen, wenn sie stehen geblieben wäre und ich alleine auf dem Sofa sitzen würde. Sitzen, ja, das ist besser. Dann kann sie nicht sehen, wie wacklig meine Knie sind. Kann man vor Nervosität eigentlich zusammenklappen?

Hätte das Essen auf den kleinen Tisch stellen sollen, jetzt steht es auf dem Schreibtisch. Soll ich noch mal aufstehen? Nein, unmöglich. Muss erst mal sitzen bleiben. Mich beruhigen. Herzklopfen. Wäre es höflicher gewesen, ihr sofort etwas zu essen anzubieten? Liebe geht durch den Magen. Mir ist schlecht.

Das Ecksofa ist ja sehr praktisch für kleine Konferenzen zu dritt oder zu viert – aber für solche Situationen? Derlei Treffen waren allerdings auch nicht eingeplant, als ich das Büro eingerichtet habe. Sie sitzt so weit weg. Meine Hand würde niemals bis zu ihr reichen, selbst wenn ich den Arm ausstrecken würde. Ich muss unauffällig näher an sie heranrutschen. Aber wie soll das unauffällig gehen? Andererseits – sind wir nicht genau deswegen verabredet? Damit ich meine Hand auf ihren Oberschenkel lege? Damit wir uns berühren? Übereinander herfallen? Aber wie fangen wir an? Sie könnte mir auch etwas entgegenkommen. Antwortet nur sehr einsilbig. Was soll ich sie denn noch fragen? Was Direktes? Ob sie mit mir schlafen will? Sie grinst immer noch. Vielleicht wartet sie auf so etwas. Könnte ja aber auch mal den Mund aufmachen. Schönes Hemd. Ob sie etwas darunter trägt? Versinke. Seltsam, dass mir das nie aufgefallen ist: Man kommt ja kaum hoch aus diesem Sofa! Es ist viel zu weich. Es bietet gar keinen Halt. Müsste mich anlehnen. Aber wenn ich mich ganz zurücklehne, sieht das idiotisch aus. Ich kann das Glas nirgendwo abstellen. Anstoßen, wir haben noch gar nicht angestoßen. Auf was denn? Auf zwei schöne Stunden? Auf unser Wiedersehen? Auf gutes Gelingen? Vielleicht findet sie Anstoßen auch albern. Aber ich muss jetzt etwas tun. Wir müssen uns näher kommen. Unbedingt.

Vorher konnte ich es wirklich nicht schaffen, es ist schon nach drei. Aber Stefanie hat ja zu tun, so dringend wird sie ihr Handy schon nicht benötigt haben. Wer weiß, vielleicht ist ihr nicht einmal aufgefallen, dass sie es vergessen hat. Das wäre gut. Sie macht sich viel zu abhängig von der ganzen Technik.

Da kommt ja Bernd. Wie freundlich und warmherzig er mich begrüßt. So ein wohlerzogener, zuvorkommender Mensch. Wenn Stefanie ihn nicht hätte. Ob sie seinen Einsatz überhaupt zu schätzen weiß? Ihr persönlicher Referent und ich, ohne uns beide würde Stefanie nicht funktionieren. Ob er weiß, dass auch er für sie ein Fels in der Brandung ist?
Wie bitte? Was soll Stefanie gerade für einen Termin haben? Mit einer Physiotherapeutin? Ist nicht heute irgendetwas mit Kornmüller passiert, müsste sie sich nicht darum kümmern? Und was für eine Physiotherapeutin? Bislang hat sie sich doch immer vehement dagegen verwehrt, so oft ich ihr auch zugeraten habe. Wahrscheinlich verlassen sie jetzt, in der letzten Wahlkampfwoche, doch allmählich ihre Kräfte und sie ist endlich vernünftig geworden. Wer ihr allerdings eine Physiotherapeutin empfohlen hat, ist fraglich. Am Ende noch die schreckliche Brigitte! Warum hat Stefanie nicht mit mir darüber geredet?
Soll ich Bernd das Handy geben? Er möchte mich auf einen Kaffee einladen. Ja, warum eigentlich nicht? Dann kann ich danach zu Stefanie. Bernd sagt, sie ist in einer Dreiviertelstunde fertig. Das Wichtigste für heute habe ich erledigt: ein neues Outfit für den Club. Kostspielig, aber dafür beste Qualität und wirklich schick. Hat Bernd denn überhaupt Zeit für mich? Aber wenn er mich schon fragt, wird es einen Grund haben. Vielleicht braucht er auch eine Pause. Er sieht ganz abgekämpft aus. Kein Wunder, so wie Stefanie ihn herumscheucht.
Die Cafeteria hier hat einfach Stil. Überhaupt sind

die Parlamentsgebäude allesamt liebevoll renoviert. Ich finde es gut, dass man in solche Dinge so viel Geld steckt. Immerhin wird in diesen Räumen das Volk repräsentiert. Werden Gesetzte gemacht. Die Menschen dieses Landes regiert. Ich habe schon immer gesagt, man kann nur in einem schönen Ambiente gut arbeiten. Deshalb habe ich auch damals Stefanie zu dem Sofa in ihrem Büro geraten. „Was soll ich denn mit einem Sofa?“, hat sie mich gefragt und ich habe gesagt: „Man kann nie wissen, selbst wenn du es nie benutzt, ist es doch ein ansehnliches Möbelstück, das Atmosphäre schafft.“ Und dann war sie dankbar dafür. Wie oft hat sie zu mir gesagt: „Du glaubst gar nicht, wie froh ich bin, dass es da ist und wie oft ich darauf sitze. Und wenn nur für ein paar Minuten oder für ein kurzes Meeting in kleiner Runde.“ Alle kommen gern in Stefanies Büro. Das liegt nicht zuletzt an meiner Stilberatung.

Armer Bernd. Ich kann ihn so gut verstehen. Wenn er wüsste, wie Stefanie sich in den letzten Monaten zu Hause benimmt! So unbeherrscht und rücksichtslos. Kein Vergleich mit ihren kleinen Anfällen von schlechter Laune im Büro oder in Sitzungen. Aber das werde ich ihm natürlich nicht sagen. Werde ihn stattdessen bedauern. Außerdem geht Stefanies Privatleben niemanden etwas an. Und ich kann sie ja auch verstehen. Sie hat es nicht leicht in der Partei. Wahrscheinlich bin ich die Einzige, bei der sie sich geben kann, wie sie sich wirklich fühlt. Das finde ich schön. Das ist ein Zeichen echten Vertrauens. Auch wenn ich mir manchmal mehr

Verständnis und Rücksicht wünschen würde. Aber das kann ich ja mit ihr nach der Wahl besprechen. Dann müssen wir sowieso reden. Lange werde ich meine Gefühle für die Pantherfrau nicht verbergen können. Und ich möchte es auch gar nicht. Ich habe Stefanie noch nie hintergangen und es wäre unverantwortlich, ein Doppelleben zu führen. Vielleicht müssen wir eine Paartherapeutin aufsuchen. Die uns hilft, einen Weg heraus aus dem Gefühlsdschungel zu finden.
Was hat Bernd gesagt? Ich habe ihm gar nicht richtig zugehört. Unverzeihlich.
Nein, es kommt überhaupt nicht in Frage, dass er bezahlt. Das wäre ja noch schöner. Dass mich Stefanies Referent zum Kaffee einlädt.
Ein wunderbarer Blick von hier auf die Spree. Schade, dass ich nicht einmal mit der Pantherfrau hierher kommen kann. Aber vielleicht kann ich sie auf den Fernsehturm entführen: Sie in die Arme nehmen, während die Stadt ihr zu Füßen liegt.

Passiert auch nicht jeden Tag, dass ich echten Schampus kriege. Ganz schön gutes Gesöff, könnt ich mich dran gewöhnen. Gibt's noch mehr davon? Hat ja ewig gedauert, bis es zur Sache ging, dachte, das wird nie was. Steffi war voll nervös. Hat mich total zugetextet. Aber irgendwie auch süß. War aber froh, als ich ihr das Glas aus der Hand genommen und sie flachgelegt hab. Hat sie drauf gewartet.

Ich auch, aber nicht so schlimm. Irgendwie bin ich nicht richtig in Stimmung. Komm nicht in Fahrt. Kribbelt ’n bisschen, aber irgendwie ist das hier alles voll schräg. „Kann hier eigentlich jeder reinkommen?“, hab ich gefragt. Hat sie gelacht und die Tür abgeschlossen. Dann ging’s schon besser. Obwohl hier so mitten bei den Abgeordneten – heißen die nicht „Volksvertreter“ oder so? –, schon auch geil. Wieso heißen die eigentlich so? Vertreten die mich bei irgendwas? Merk ich nichts von. Hab ich noch nie was von gemerkt.
Sieht ganz gut aus, Steffi, so fast ohne Klamotten. Wie sie da steht und mit den Tellern hantiert. Jetzt erst mal was essen, das kommt gut. Wie viel Uhr ist es eigentlich? Viertel nach drei? Na dann aber hopp, wenn das hier noch was werden soll. Schampus? Klar! So, nun komm mal wieder her zu Petramaus. Bisschen schüchtern, die Kleine. Ob die’s hier schon mal gemacht hat? Sieht mir nicht so aus. Jetzt kuschelt sie. Und labert wieder. Ist doch gar keine Zeit mehr dafür, Schätzchen!
Lecker, die Brote. Bisschen mini, aber kann man ja viele essen. Steffi hat auch Hunger. Na wenigstens kann man mit der dabei spachteln. Das ist wichtig. Kann das nicht leiden, wenn eine nie Hunger hat. Kenn auch gar keine, die nie Hunger hat. Nur Manu, am Ende. Voll komisch. Die hatte früher immer Hunger und dann plötzlich gar nicht mehr. Hat nur noch so Grünzeug vom Teller gepickt. Ohne Schnitzel und alles. Irgendwas war sowieso mit der am Schluss. Normal war das alles nicht. Jetzt nicht an Manu denken. Ist ’n anderer Film hier.

Süß, wie Steffi da in meinem Arm liegt. Hatte sie ganz anders in Erinnerung. Als ob die mehr rangehen würde. Traut sich aber nicht. Bisschen nachhelfen. Erst mal die Fressalien wegschieben, Gläser auf den Tisch und hinlegen. Klappe halten. Rest ausziehen. Stillhalten.
Alles okay, Hauptsache, ihr gefällt's und sie behält mich in guter Erinnerung. Ob ich mir gleich noch 'n Brot einschiebe? Wenn ich hier fertig bin? Auch irgendwie komisch, danach gleich rauszufliegen. Ist aber besser so. Bin nicht super drauf. Nur es geht so geil. Tempo gedrosselt, kein Vollgas.
Viertel vor vier. Mal langsam zum Ende kommen. Knutschen kann sie, das muss man ihr lassen. Und gut aussehen tut sie auch. Luxuskörper. Steht auf mich. Will mehr. Hat Kohle. Alles paletti.
Aber irgendwas fehlt.

Sie ist gegangen. Sie ist weg, aber ich kann sie noch spüren. Noch riechen. Überall. Muss aufräumen. Die leere Champagnerflasche in den Papierkorb, die Gläser unten in den Schrank, die bringe ich später in die Küche. Den Rest von den Häppchen esse ich im Laufe des Tages noch. Wäre schade drum, schmecken richtig gut. Üppig belegt, aber nicht angeberisch. Ein bisschen von allem, aber eine gute Mischung. Vor allem der Krabbensalat, wirklich gut! Diesen Catering-Service muss ich mir merken. Den könnte ich für meinen nächsten Geburtstag engagieren. Wie lange ist das

eigentlich noch hin? Knappe zwei Monate. Ob ich Petra dazu einladen kann? Aber Petra und Viola zusammen auf einem Fest – wie soll das gehen?
So, jetzt noch das Sofa wieder gerade rücken, den Tisch abwischen. Das war's. Immer noch weiche Knie. Fühle mich gut. Wie neu. Bin berührt. Durch und durch. Mein ganzer Körper steht noch unter Strom. Wie sehe ich überhaupt aus? Sehr zerknittert? Muss mich gleich umziehen, gut, dass ich mir was mitgebracht habe, den Champagnerfleck auf der Hose sieht man. Sollte mir die Haare kämmen. Taschenspiegel. War der nicht immer hier im Schreibtisch? Da ist er ja. Sieht man es mir an? Man sieht es mir an! Oder sehe nur ich es? Weil ich weiß, dass es geschehen ist? Dass ich gerade noch mit Petra nackt auf dem Sofa lag und sie mich liebte? Heftig liebte. So, wie ich es mir gewünscht hatte. Genauso, wie ich es mir vorgestellt hatte.
Muss los, das Meeting wegen Kornmüller. Bin eigentlich schon zu spät. Muss mich aber noch umziehen. Zähneputzen wäre auch gut. Ist das auffällig? Frisch machen. Genau. Ich muss mich frisch machen. Machen doch alle andauernd. Pressekonferenz und vorher noch eine schnelle Absprache im Sitzungssaal. Läuft schon seit fünf Minuten. Die können auch mal auf mich warten. Wieso kann der Idiot von Kornmüller auch nicht seine blöde Klappe halten? Wie kann er nur öffentlich dafür plädieren, dass die Mineralölsteuer gesenkt werden soll? Billigeres Benzin. Das muss man sich mal vorstellen! Einer von uns! Der hat sie doch nicht mehr alle! Und dann noch der Schwachsinn

vom Tanktourismus, der den Staat angeblich im Jahr 2,4 Milliarden Euro Steuergelder kostet! Ganz ohne Absprache. Alleingang. Typisch Kornmüller. Sage ich ja schon lange, dass er größenwahnsinnig wird. Mineralölsteuer senken. Ja, spinnt der denn? Da laufen uns doch die Stammwähler weg! Ist der von allen guten Geistern verlassen? Aber der Herr Abgeordnete schließt ja auch eine Koalition mit dem konservativen Lager nicht aus, und zwar dann, wenn er dafür garantiert Außenminister würde. Wir müssen Kornmüller absägen, am besten noch heute, etwas anderes bleibt uns gar nicht übrig. Aber ob das so klug ist, wenige Tage vor der Wahl? Sieht alles nach Uneinigkeit aus, als wären wir zerstrittene Kleinkinder. Peinlich, einfach peinlich und unprofessionell.
Ich will nicht. Keine Sitzung, keine Pressekonferenz, kein Büro mehr. Und wenn, dann nur, um mit Petra auf dem Sofa weiterzumachen. Gott, ich hätte noch stundenlang da liegen können und mich von ihr lieben lassen. Obwohl es auch ein bisschen wehgetan hat. Aber Schmerz und Lust gehören ja bekanntlich zusammen. Deshalb kann ich sie auch noch spüren. Ein süßer Schmerz. Tief in mir. Ich will sie jetzt sofort wieder da haben. Oder zu ihr gehen. In den Zug, nach Braunschweig, in ein Hotel, es ist mir völlig gleichgültig, wohin. Hauptsache sie, Hauptsache nackt, Hauptsache Sex. Ich muss sie noch einmal zurückholen. Nur für einen Kuss.

Verträumt, ich bin ja so zauberhaft verträumt seit Tagen. Wie lange war ich das schon nicht mehr? Nach der Wahl zeige ich der Pantherfrau Berlin. An einem Tag, an dem Stefanie garantiert nicht in der Stadt ist. Wir lassen uns von einer Fahrradrikscha herumkutschieren und wärmen uns unter einer flauschigen Decke aneinander, falls es kühl ist. Das will ich schon lange machen, mir die Stadt so ansehen. Jetzt weiß ich endlich, mit wem.

Bernd war fast ein wenig aufdringlich, als ich ihm sagte, ich finde den Weg zu Stefanies Büro schon allein. Aber er sorgt sich wahrscheinlich nur um die Zeitpläne seiner Chefin. Wollte sie partout anrufen, aber sie nahm nicht ab. Wahrscheinlich hat sie das Telefon leise gestellt. Das macht sie immer, wenn sie nicht gestört werden will. Und auf ihrem Handy kann er sie ja nicht erreichen. Vielleicht ist sie auch schon im Sitzungssaal; Bernd sagt, sie müsste schon oben sein. Dann lege ich ihr den Apparat einfach auf den Schreibtisch. Ach nein, da kommt sie ja gerade aus der Tür. Oder ist sie das nicht? Nein, das ist … das ist völlig unmöglich, das kann nicht sein … Was macht die Pantherfrau denn hier? Sucht sie mich? War sie bei Stefanie, um nach mir zu fragen? Kommt den Gang entlang, hat mich noch nicht gesehen.

Jetzt kommt Stefanie aus der Tür. Muss mich verstecken. Hinter dem Pfeiler warten. Stefanie ruft nach ihr. „Petra?" Hat sie etwas vergessen? Sie geht zurück. Um Himmels willen! Was machen sie denn da? Das ertrage ich nicht. Sie umarmen sich. Das

halte ich nicht aus. Sie küssen sich. Das halte ich einfach nicht aus. Das darf nicht wahr sein. Wie kann sie mir das antun? Mitten am Tag, mitten im Bundestag. Vor meinen Augen.
Deshalb war Bernd so nervös. Er weiß genau, was hier gespielt wird. Hat mich nur abgelenkt. Die ganze Geschichte mit der Physiotherapeutin war eine Lüge und ich bin darauf hereingefallen. Wie peinlich. Erniedrigend. Abgrundtief demütigend. Wie lange geht das schon? Seit Braunschweig? Hannover? Und weshalb hat sie sich darauf eingelassen? Wer hat den Anfang gemacht?
Ich kann es nicht glauben. Jetzt haben sie einander losgelassen. Stefanie hat die Tür geschlossen. Petra. Ich kann sie förmlich riechen. Könnte sie festhalten, wenn ich den Arm ausstrecken würde. Aber das werde ich nicht tun. Doch so gehen lassen kann ich sie auch nicht. Vielleicht ist alles ein Irrtum. Aber nein, es ist genauso schlimm, wie ich es empfinde: Sie hintergehen mich. Verraten mich. Hinterhältig und gemein. Nutzen mein Verständnis und Vertrauen schamlos aus. Schamlos, jawohl.
Ich werde ihr folgen. Soll ich sie ansprechen? Ihr meine Enttäuschung ins Gesicht sagen? Sie mit der bitteren Wahrheit konfrontieren? Oder soll ich zu Stefanie gehen und sie zur Rede stellen? Aber was nützt das alles? Sie haben mich betrogen. Sie betrügen mich. Sie trampeln auf meinen Gefühlen herum. Alle beide. Ich bin ihnen egal. Vollkommen gleichgültig.
Wohin geht sie nur? Hat sie hier in der Nähe ein Hotelzimmer? Aber warum treffen sie sich dann in

Stefanies Büro? Um Himmels willen – sie hat sich umgedreht. Macht ein Foto vom Reichstag. Gleich wird sie mich sehen, erkennen. Und dann? Wird sie mich um Verzeihung bitten? Ich könnte ihre Entschuldigung nicht annehmen. Nicht jetzt.
Ich muss fort. Fort von hier. Mir ist schwindelig. Habe heute Morgen vergessen, meine Tabletten zu nehmen. Wenn ich hier kollabiere, gibt es einen Menschenauflauf. Und alle werden denken, es sei wegen Stefanie und ihrer Affäre. Die eigentlich meine Geliebte wäre, wenn ich nicht so viel Rücksicht genommen hätte. Auf Stefanie und ihre Karriere. Ausgerechnet.
Kann nicht nach Hause. Will nichts von Stefanie sehen oder hören. Und die Nähe der Pantherfrau kann ich auch nicht ertragen. Ich habe keine Kraft mehr.
Möchte mich hinlegen und weinen. Diesen Tränen, die langsam in mir aufsteigen, freien Lauf lassen und das Unfassbare begreifen. Die Augen schließen und sterben.

Paar Bilder noch für Manu machen. Drin hab ich's vergessen. Hätt auch komisch ausgesehen. „Halt mal still, Steffi", und dann zack? Obwohl das 'n schickes Büro war. Zehnmal schicker als das vom Chef von Babsi. Irgendwie edler. Bin voll erschrocken, als die noch mal rauskam. Wegen Abschied und küssen. Süß. Die findet mich voll gut. Hoffentlich wird die mal nicht so anhänglich.

So, erst mal die Kuppel fotografieren. Gar nicht so einfach. Mach mal 'n paar mehr, kann ich ja wieder löschen. Da vorne ist das Brandenburger Tor. Das kenn ich aus dem Fernsehen. Da waren alle, als die Mauer aufging und an Silvester steht doch auch die halbe Welt hier rum. Wär auch mal geil, Silvester in Berlin. In Steffis Büro auf'm Sofa. Schampus, Häppchen, eigentlich so wie heute, bloß um Mitternacht. Ob die da um Mitternacht reindarf? Mit wem sie will? Da wollen bestimmt alle mit der rein, wegen der Aussicht aufs Feuerwerk. Na, wer weiß, wo Petramaus dieses Jahr Silvester feiert!
Letztes Jahr war geil. Mit Manu auf Mykonos am Strand. Voll romantisch. Vorher so Fischzeugs essen. Manu hat die Teile alle geknackt und ich hab ihr das Zeug aus der Hand gefressen. Da gibt's noch Fotos von. Hat der Kellner gemacht. Und um kurz vor zwölf ans Meer. Manu hatte 'ne Decke mitgebracht, wir haben den Schampus aufgemacht und Sterne gezählt. Manu hat gesagt, wenn ich 'ne Sternschnuppe seh, darf ich mir was wünschen. Ich hab keine gesehen, aber mir trotzdem was gewünscht. Klar, ist nicht in Erfüllung gegangen. Aber das wusste ich damals ja noch nicht. Damals dachte ich, das wird bestimmt wahr. Sah ja auch alles danach aus. Vor allem, weil Manu mir den Antrag gemacht hat. Voll romantisch. So mit Verlobungsring und allem. „Du bist es einfach", hat sie gesagt und mir ist voll schwummerig geworden. Eigentlich wird mir heute immer noch schwummerig, wenn ich dran denk. Wieso denk ich denn jetzt daran? Wegen Silvester und Brandenburger Tor.

Mach ich mal zwei Fotos. Eins von vorne und eins von hinten. Von der Mauer ist hier ja nichts mehr zu sehen. War die hier überhaupt? Na, egal. Jetzt ist die ja weg. Auch ’n hübscher Kasten da drüben. Was das wohl ist? Was stehen denn da für abgefahrene Typen davor? Ist das ’n Hotel? Wahnsinn. Der hat ja echt noch so ’ne Uniform an und hält den Leuten am Taxi die Tür auf. Ob der dafür Trinkgeld kriegt?
Fast fünf. Jetzt geh ich mal noch die Straße da hoch und runter und dann wieder beidrehen, ab nach Hause. Zug fährt in ’ner Stunde. Vielleicht noch ’ne Curry und ’n Bierchen an ’ner Imbissbude, die Häppchen waren was für den hohlen Zahn. Oder geh ich gleich zurück zum Bahnhof? Nicht, dass ich mich verlaufe und den Zug verpass. Ja, das mach ich. Da war’s ja auch ganz nett und da kann nichts schiefgehen, wenn ich erst mal wieder da bin.
Aber paar Fotos mach ich noch. Von dem Hotel zum Beispiel, zack.

Schon wieder Bernd. Ja, ich komme schon. Man wird doch noch mal vor sich hinträumen dürfen. Viola? Wieso denn Viola? Was redet Bernd da? Wann war Viola hier? Gerade eben? Wieso das denn? Sie hat mein Handy? Wieso hat sie mein Handy? Mist. Das habe ich in der Jackentasche vergessen. Verdammt. Sie ist wieder weg? Sie hat das Handy nicht abgegeben? Warum das denn? Ob sie die SMS gelesen hat? Unsinn, so etwas würde sie nie tun. Dafür ist sie viel zu diskret. Und wenn sie Petra gesehen hat? Und wenn schon. Dann dachte sie, es sei meine Physiotherapeutin. Viola wollte doch immer, dass ich mich in der Mittagspause massieren lasse. Bitteschön.

Aber wenn sie Petra erkannt hat? Immerhin war sie mit in der Kneipe in Braunschweig. Bestimmt hat sie sich nicht erinnert. Sie hatte ja gar nichts mit ihr zu tun. Auf Menschen wie Petra achtet Viola nicht. Und dass Petra in Hannover war, hat sie gar nicht mitbekommen.

Wieso hat Bernd ihr überhaupt die Sache mit der Physiotherapeutin erzählt? Hat man denn hier verdammt noch mal keine fünf Minuten Privatleben? Schon gut, schon gut. Darf mich nicht aufregen, sonst merkt er noch was. Er grinst auch schon wieder so merkwürdig. Durchschaut er mich? Wissen es alle schon? Gibt es schon eine Rundmail an alle? Ruhig, ganz ruhig. Ich bin paranoid.

Als Erstes Viola anrufen. Nein, als Erstes jetzt in den Sitzungssaal. Kornmüller. Danach Viola anrufen. Nein, vorher eine SMS an Petra. Gott, das geht ja nicht. O nein! Ich habe ihre Nummer ja gar nicht. Und wenn sie mir schreibt, dann piepst es bei Viola! Das wäre eine Katastrophe, denn wer weiß, vielleicht würde sie dann ja doch nachsehen? Weil sie denken würde, es sei etwas Wichtiges? Und das wäre es ja auch, etwas außerordentlich Wichtiges. Ich muss sofort Viola anrufen. Ja, ich komme schon. Ja doch! Muss mir Bernds Handy leihen. Auf der Stelle. Aber Bernd läuft meterweit vor mir her, ich komme kaum nach. Und jetzt sind so viele

Leute da, ja, hallo, hallo. Da ist Brigitte. Mit wem telefoniert sie denn schon wieder? Muss mir ihr Handy leihen. Jetzt hat sie mich gesehen. Versteht nicht, was ich meine. Herrje, ist das denn so schwierig? Dein Handy! Ich brauche dein Handy! Jetzt sofort. Gib schon her!

Verschanzen. Jetzt muss ich mich schon in einer Hotelhalle verstecken! Wie tief bin ich gesunken. Aber sonst sieht sie mich noch, das wäre mir nicht recht. Wie einfach das doch geht: jemanden verfolgen, unbemerkt. Da muss ich mir das schon dauernd in diesen schlechten Kriminalverfilmungen im Fernsehen ansehen, die Stefanie so gerne zur Entspannung schaut, und jetzt tue ich selbst so etwas Niveauloses. Ich verfolge sie. Sie. Petra. Plötzlich hat sie einen Namen: Petra. Wie unwirklich es ist, dass sie plötzlich einen Namen hat. Für mich war sie die Pantherfrau. Die Pantherfrau. Für mich war sie … etwas ganz und gar anderes, etwas, das niemand begreifen könnte. Eine höhere Sphäre. Ein Stern am Himmel, der heruntergefallen ist, um mich nun zu erschlagen. Geschieht das nicht immer mit wahren Gefühlen? Dass man sie am Ende begraben muss?
Es klingelt schon wieder so aufdringlich. Das ist mir vorhin schon aufgefallen. Den Klingelton kenne ich doch. Wo klingelt es denn? Es ist so nah. Du lieber Himmel, Stefanies Handy in meiner Handtasche! Ich muss es ausstellen. Wer ruft denn

an? Vielleicht ist es wichtig. Brigitte. Jetzt auch noch diese schreckliche Brigitte! Sind sie denn jetzt nicht alle bei der Sitzung wegen Kornmüller? Aber wahrscheinlich ist es gar nicht Brigitte, sondern Stefanie, die mich versucht anzurufen. Sicher hat sie Bernd schon getroffen. Wird sich wundern, wo ich bleibe. Ja, wo bleibe ich eigentlich jetzt?

Wie bitte? Was ich wünsche? Ein Zimmer? Ja, vielleicht ist es das, was ich wünsche – ein Zimmer in diesem Hotel, in diesem anonymen Raum. Vielleicht sollte ich einfach hier bleiben. Im teuersten Hotel am Platz, keine zweihundert Meter Luftlinie zu dem Ort, an dem man mir die größte Schmach meines Lebens angetan hat. Ja, ein Einzelzimmer. Ich muss alleine sein.

Muss das Handy zum Schweigen bringen. Es hört gar nicht mehr auf zu klingeln. Die Leute schauen schon. Penetrante Melodie. Drücke einfach auf irgendeine Taste, damit es aufhört. Kümmere mich später darum, es auszustellen. Es sind zwei neue Nachrichten eingegangen. Sicher auch von Stefanie. Oder von der Pantherfrau? Nein, sie heißt nicht mehr Pantherfrau. Sie heißt Petra. Schnöde und einfach: Petra. Ein Allerweltsname, eine Göttin, herabgestiegen vom Olymp und zu Fußvolk geworden. Hat sich verkauft an die Ware Liebe. Wie konnte sie mir das antun?

Stolzer Preis für ein Einzelzimmer, aber es ist mir gleichgültig. Was zählen jetzt noch irdische Güter? Alles Geld der Welt ist mir nichts wert, wenn das Herz erkaltet. Wenn es in Einsamkeit schlägt. Schon wieder eine Nachricht. Das Handy vibriert auf der

Tischplatte, als ob es einen epileptischen Anfall hätte. Kann man das nicht dezenter einstellen? Soll ich die Nachrichten lesen? Noch tiefer in diesem Sumpf von widerlichen Geheimnissen versinken? Aber es ist Stefanies Handy. Es geht mich nichts an. Andererseits will ich es wissen. Alles wissen. Die Wahrheit erfahren, ohne Schonung, bis zum bitteren Ende.

Picknick. Setz mich da drüben auf ’ne Bank und trink mein Käffchen. Superangebot: Zwei Streuselschnecken für den Preis von einer. Hab ich gleich vier genommen. Für die Fahrt noch. Alles geritzt, Zug fährt in ’ner halben Stunde. Nett hier. Könnt ich mich dran gewöhnen. Immer mal kommen, Steffi besuchen und Stadt angucken. Obwohl, auf Dauer auch zu anstrengend, immer rumfahren. Zu Hause ist schon schön. Wenn die Bude nur nicht so klein wär bei Babsi. Hoffentlich kommt die nachher nicht in die *Mutter*. So, guck mir jetzt mal die Fotos an.
Gar nicht übel, die Bilder. An mir ist ’ne Fotografin verloren gegangen! Na ja, das hier, vielleicht ein bisschen klein und das hier ist zu groß. Und was hab ich hier gemacht? Wollte doch nicht die ganzen Leute fotografieren! Was soll ich denn mit den Gesichtern? Die kenn ich ja gar nicht. Sind auch so riesig. Hab wohl mit dem Zoomen was falsch gemacht. Kann ich ja gleich mal löschen. Was ist das denn da? Die kenn ich doch von irgendwo? Kann

gar nicht sein, kenn doch keine in Berlin. Aber doch … ach du Scheiße, das ist ja die Vogelscheuche! Was macht die denn hier auf meinem Foto? Hat die mich verfolgt oder was? Die wird ja nicht mitten in der Woche am Brandenburger Tor rumhängen. Die wohnt doch hier, ist ja keine Touristin. Hat die mich gesehen, bei Steffi? Ist die mir nachgelaufen? Sitzt die etwa hier auch irgendwo rum, trinkt Kaffee und beobachtet mich? Hab mir ja gleich gedacht, dass die 'ne Meise hat. Wie die das Klavier angestarrt hat in der *Mutter*. Mit so 'nem ganz komischen Blick. In Hannover auch. Die war mir schon von Anfang an unheimlich.

Oder ist das mit Steffi abgesprochen, machen die das vielleicht immer so? Steffi steigt mit einer in die Kiste und die Vogelscheuche spannt und verfolgt sie danach? Hat die vielleicht die ganze Zeit dabei zugeguckt, in irgend'nem Nebenraum? Sieht man doch dauernd im Fernsehen, so Spiegel, wo man nur von einer Seite durchgucken kann, und von der anderen ist es einfach bloß ein Spiegel. War da einer in Steffis Büro? Kann mich nicht erinnern. Wär mir doch aufgefallen. Vielleicht ist das 'n komisches Spiel von denen. Haben die das am Ende gefilmt und geilen sich heute Abend dran auf? Zuzutrauen wär's ihnen ja. Weiß man ja nicht, was in so Köpfen vor sich geht, kann man ja nicht reingucken.

Voll die Härte. Ist die mir nachgerannt. Aber hier seh ich sie nirgends. Muss mich mal unauffällig nach allen Seiten drehen. Die Luft ist rein. Oder hat die sich irgendwo weggeduckt? Mann, bin ich froh, wenn ich wieder zu Hause bin. So 'ne Stadt ist doch nichts für mich. Was hier alles abgeht, bisschen viel für Petramaus. Ich bleib mal lieber, wo ich hingehör. Da muss ich schon genug regeln. Fehlt mir gerade noch, dass die Vogelscheuche hinter mir her ist. Wieso eigentlich? Ob Steffi das weiß? Ich glaub nicht, dass die so ist. Bestimmt hat die Vogelscheuche mir aufgelauert. Ist krankhaft eifersüchtig. Wahrscheinlich gefährlich. Muss aufpassen. Nicht, dass die noch von hinten auf mich losgeht und mich vor den Zug schubst! Soll's ja alles geben. Das nächste Mal jedenfalls in Braunschweig. Mit bisschen mehr Zeit und ohne die Vogelscheuche. Das muss ich klarstellen.

Spät, bin schon wieder zu spät. Verschnaufpause zu Hause, aber nicht lange. Kornmüller muss die Klappe halten, bis der Wahlkampf vorbei ist, darüber waren sich alle einig. Eigentlich muss Kornmüller weg, aber das wagt natürlich niemand zu sagen.

Ich darf jetzt nicht daran denken, dass Viola vielleicht Petras Nachrichten gelesen hat. Nein, das tut sie nicht. Viola weiß, was mir meine Privatsphäre bedeutet. Es wird schon nichts passiert sein. Ich muss ihr ganz normal gegenübertreten, so wie immer. Fange am besten gleich von selbst an. Dass sie recht hatte mit der Massage, wie gut mir die Physiotherapie getan hat. Angriff ist die beste Verteidigung. In der Politik und im Privatleben auch.

Wahrscheinlich sitzt sie jetzt am Flügel, das tut sie um diese Zeit gern. Aber ich höre gar nichts. Es ist ganz still. Wo ist sie denn? Sie muss mich doch gleich zu der Veranstaltung begleiten, das kann sie doch nicht vergessen haben! Mal rufen. Noch einmal lauter. „Hallo, Schatz!" Auch bescheuert. Wie mein Vater früher, wenn er was verbrochen hatte. Nichts. Schläft sie? Sie schläft nie um diese Zeit. Ist sie schon wieder mit Gudrun in diesem Fitnessding? Ist das jetzt eine neue Marotte? Hier oben ist sie also auch nicht. Vielleicht im Keller? Was soll sie da? Oder ist sie wirklich nicht zu Hause? Aber wir sind doch verabredet. Komisch.
Der Anrufbeantworter blinkt, mal abhören. Viola! Das ist ihre Stimme.
„Ich weiß alles. Ich wollte dir nur sagen, ich komme heute Nacht nicht nach Hause."
O je. Ist sie verrückt? Was redet sie da? Was weiß sie? Sie hat die Nachrichten doch gelesen. Sie hat einfach in meinem Handy herumgeschnüffelt. Und nun unterstellt sie mir ein sexuelles Verhältnis. Oder weiß sie wirklich alles? Hat sie Petra etwa gesehen? Hat Bernd ihr mehr gesagt, als er sollte, und sie hat uns aufgelauert? Hat er deshalb so gegrinst?
Das darf nicht wahr sein. Alle gegen mich. Da tue ich ein einziges Mal, nur ein einziges Mal, was ich wirklich will, und dann das. Wieso kann bei mir nicht einfach mal etwas glatt gehen? Verdammt, ich hätte es wissen müssen. Dass ich nie ungeschoren davonkomme. Ich werde immer erwischt. Bei allem. Und missverstanden. Viola denkt bestimmt, ich betrüge sie schon lange. Dabei stimmt das gar nicht.

Ich hatte ja nicht einmal die Gelegenheit, es ihr zu erzählen. Und ich hätte es ihr erzählt. Bald sogar. Gleich nach der Wahl.
Herrgott, die Wahl. Wieso muss das alles jetzt sein? Was hat mich eigentlich geritten, mir das alles ausgerechnet jetzt einzubrocken?
Viola kommt nicht nach Hause. Das heißt, sie kommt auch heute Abend nicht mit. Sie verlässt mich. Das kann sie doch nicht machen. Nicht nach all den Jahren. Wo ist sie denn überhaupt? Bei Gudrun? Die hetzt sie nur noch mehr gegen mich auf. Kann mich genauso wenig leiden wie ich sie. Blöde Ziege. Viola hätte wenigstens sagen können, wo sie bleibt. Das macht mich ganz krank, nicht zu wissen, wo sie ist.
Wo hat sie uns gesehen? Als wir uns in der Tür geküsst haben? Wenn sie uns gesehen hat, dann nur da. Wieso musste ich Petra auch noch einmal hintergehen? Warum kann ich die Dinge nie lassen, wie sie sind? Es war doch ein schöner Abschied. Eine lange Umarmung, ein wilder Kuss. Aber nein, ich muss ja noch eins draufsetzen. Typisch. Ich kann einfach nie genug bekommen. Wahrscheinlich bin ich wirklich gierig. Ekelhaft. Selbst schuld.
Trennt Viola sich jetzt? Und wenn ja, was heißt das? Wirft sie mich aus der Wohnung? Dann bin ich obdachlos. Und dann verlieren wir noch die Wahl und ich meinen Posten. Obdachlos und arbeitslos. Hartz IV. Endlich angekommen, wo ich hingehöre.
Was ist nur in mich gefahren? Ich setze meine Karriere und meine Beziehung aufs Spiel, nur um mit einer tätowierten Barfrau ins Bett zu gehen, die

ich nicht einmal kenne. Muss mit Viola reden. Ihr alles erklären. Eine Paartherapie vorschlagen. Mit ihr in Urlaub fahren. Mich entschuldigen. Sofort. Ich muss mich jetzt gleich entschuldigen. Aber dafür muss ich erst einmal wissen, was sie wirklich weiß. Sonst gestehe ich noch Dinge, von denen sie nichts ahnt. Vielleicht hat sie ja nur die Nachrichten auf dem Handy gelesen. Zuerst einmal muss ich sie finden. Nein, zuerst muss ich mich umziehen, mir ein Taxi rufen und diesen Abend hinter mich bringen. Ohne mir etwas anmerken zu lassen. Ohne Handy. Und die verfluchte Bluse ist auch nicht gebügelt!

Vorzüglicher Wein beim Abendessen. Gott sei Dank wirkt es in Restaurants wie diesem nicht seltsam, wenn eine Frau alleine zu Abend isst und dabei eine Flasche Wein trinkt. Oder hat mich doch jemand angestarrt? Sieht man mir meine seelische Verfassung an? Hält man mich für eine Alkoholikerin? Und wenn schon. Heute Abend ist es mir sogar gleichgültig, was die Leute von mir denken. Ich habe alles verloren, worum sollte ich mir jetzt noch Gedanken machen?
Ob Stefanie sich Gedanken macht? Vielleicht ist sie ja froh, dass sie endlich frei ist. Am Ende hat sie darauf nur gewartet. Dass ich gehe. Möglicherweise wollte sie genau diese Reaktion provozieren. Hat sich deshalb mit der Pantherfrau eingelassen. Wenn man sich so lange kennt, spürt man die Schwachstellen der anderen genau, selbst wenn

man sie nicht benennen kann. Es war wohl eine Art Intuition, mich damit tief zu verletzen. Vielleicht hat sie gespürt, was die Pantherfrau mir bedeutet, und hatte Angst, mich zu verlieren. Wollte mir zuvorkommen. Dann wäre es ein Opfer gewesen. Aber so sensibel ist sie nicht. Dazu müsste sie sich viel mehr mit mir auseinandersetzen. Das ist nur ein frommer Wunsch! Oder war es andersherum? Hat mir die Pantherfrau Stefanie weggenommen? Aber warum? Was habe ich ihnen nur getan?
Ich kann nicht schlafen. Die Erinnerung daran, wie sie sich geküsst haben, macht mich ganz krank. Stefanie, die sie mit geschlossenen Augen umarmt. Lacht. Sie sah so glücklich aus. Geradezu selig. Aber die Pantherfrau hatte einen Gesichtsausdruck, der mir nicht gefiel. So hart. So süffisant. Als hätte sie gerade eine Genugtuung erlebt. Ist sie am Ende ein schlechter Mensch? Kann man sich so täuschen?
Was ist denn das für ein Geräusch? Und was blinkt dort auf dem Tisch? Das Handy. Wahrscheinlich versucht Stefanie, mich anzurufen. Weshalb? Sie will wissen, wo ich bin. Ich bin in all den Jahren noch nie einfach über Nacht weggeblieben. Wahrscheinlich braucht sie nur ihr Telefon. Um noch mehr widerliche Kurznachrichten zu senden. Oder ist es die Pantherfrau, die ihr sehnsüchtige Mitteilungen schreibt? Ich sehe nach. Schlafen ist mir in diesem Zustand ohnehin nicht möglich.
Ein Briefchen. Wie romantisch. Solche Kleinigkeiten fallen einem erst auf, wenn die Sinne dafür geschärft sind.
Das nächste Mal in Braunschweig, okay? P.

Das ist also ihr wahres Gesicht. Sie denkt nur an das eine. Oder tue ich ihr unrecht? Ich werde sie fragen.

Ja. Aber wozu?

Ob sie es merkt? Dass ich nicht Stefanie bin? Würde Stefanie eine solche Frage stellen? Ich weiß es nicht. Diese Stefanie kenne ich nicht. Eine Frau, die ihre Bedürfnisse zügellos mit dahergelaufenen Kellnerinnen auslebt und ihr von Steuergeldern finanziertes Büro für ein Stelldichein nutzt. Rücksichtslos und egoistisch. Wie die konservativen Politiker, die sie genau dafür verachtet. Das hätte ich nicht von ihr gedacht. Ich lebe neben einer Fremden. Der Wolf im Schafspelz. Wer weiß, was noch alles hinter meinem Rücken geschieht!

Wir machen da weiter, wo wir aufgehört haben: kurz nach voll geil.

Das ist ja ekelerregend. Wie kann man nur so über Sexualität sprechen? Ist es das, was Stefanie an ihr gefällt: das Grobe? Geht es denn nicht um Gefühle?

Ist Sexualität denn alles, was du von mir willst?

Was mache ich eigentlich hier? Ich tue ja so, als ob sie mich meinte. Dabei ist gerade das so schmerzhaft: dass sie mich nicht erkannt hat, mich nie gemeint hat. Mit mir und meinen Empfindungen gespielt hat. Ich war eine von vielen. Hätte ich nicht gezögert, hätte ich der schrecklichen Brigitte nicht geholfen, wären wir einander begegnet. Sie hätte mich auserwählt. Hätte ich mich dann heute mit ihr getroffen? Würde Stefanie dann jetzt zu Hause alleine im Bett liegen und sich fragen, wo ich bin?

Warum ich sie verlassen habe? Habe ich Stefanie verlassen? Hat Stefanie mich verlassen?
Muss das Telefon ausstellen. Ich vergreife mich an fremdem Eigentum. Betrug rechtfertigt keinen Diebstahl. Morgen gehe ich nach Hause und gebe es ihr zurück. Ich werde ihr nur sagen, dass ich sie gesehen habe. Sonst nichts.
Aber vorher schicke ich noch eine letzte dieser scheußlichen Kurznachrichten. Ich werde Abschied nehmen von der Pantherfrau. Für immer.

Pervers. Die ist ja voll pervers. Wie, was anderes als Sex? Will die komische Sachen machen? Jetzt kommt noch eine:
Du solltest einmal über Seelenverwandtschaft nachdenken.
Hä? Spinnt die? Was meint die denn damit? Verwandt bin ich nur mit meinem Alten, klar? Will die's mit der Familie machen? Oder doch zu dritt? Langsam wird mir das zu bunt hier. War ja schon geil, in dem schicken Büro, mit dem Ausblick und den Fressalien und allem, aber mit so was will ich nichts zu tun haben. Nur gut, dass sie jetzt schon mit dem Zeug rausrückt und nicht erst in 'nem halben Jahr. Aber würd ich die in 'nem halben Jahr überhaupt noch kennen? Hab das Foto von der Vogelscheuche immer noch nicht gelöscht. Könnt ich ja Steffi schicken, damit sie mal sieht, was ihre Braut so treibt. Vielleicht hat sie keine Ahnung?
Oder sie will sich verpissen, so durch die Hintertür! Frau Wichtig hat gekriegt, was sie wollte, und

Petramaus kann gehen. Weil ich nicht mit der Vogelscheuche rummachen will? Mit der Verwandtschaft? Oder hat's ihr nicht gefallen? Glaub ich nicht. Die war ja ganz wild drauf. Wird ihr wohl alles zu heiß. Denkt sie, sie kann mich mal schnell abwickeln? Na, die hat Nerven. Was glaubt die eigentlich, wer ich bin? Die kann mich mal!
So, Handy aus, Steffi tschüss, Ruhe im Busch. Wo Schluss ist, ist Schluss. War ja ganz okay, der Wandertag. Super Location, nur bisschen weit für 'ne mittelmäßige Nummer. War alles nicht halb so geil wie letzte Woche, als die mich einfach am Tresen angefasst hat. Das war echt scharf. Heute nicht so. Hat mich nicht richtig angemacht. War mir alles zu soft. Aber vielleicht kommt das ja noch, vielleicht muss Steffi erst mal warm werden. Knutschen kann sie ja schon. Und der Schampus war erste Sahne und die Aussicht auch. Hat sich alles in allem gelohnt. Immerhin hab ich 'ne Politikerin rumgekriegt. Und zwar in der Hauptstadt! Das soll mir erst mal einer nachmachen.
„Nein, du kriegst kein Bier mehr, letzte Runde war schon." Muss die hier langsam mal alle rausschmeißen, dann Stühle hoch, damit Rita morgen früh in Ruhe wischen kann, Kohle wegschließen, ab nach Hause. Hoffentlich pennt Babsi schon.
Die war gar nicht da heute Abend. War das abgemacht? Hab ich wahrscheinlich vergessen. Oder ist irgendwas? Theater mit Babsi würd mir jetzt gerade noch fehlen.
Geile Fotos. Muss ich unbedingt am Sonntag Manu zeigen. Ob ich der das mit Steffi erzählen soll?

Vielleicht wird die sauer. Kann die bestimmt nicht haben, dass ich mich so schnell mit 'ner anderen tröste. Babsi würde sie auch die Augen ausstechen, wenn sie könnte. Eigentlich süß. Dass die so eifersüchtig ist. Die liebt mich auch immer noch. Das seh ich. Wie die guckt. Da kann die mit drei Mädels aus'm Kindergarten hier ankommen. Heute Abend war keine da. Babsi nicht, Manu nicht, das Prinzesschen nicht. Sind die alle auf 'ner geheimen Party und Petramaus weiß nichts davon? Quatsch. Die liegen alle schön zu Hause im Bettchen und kuscheln. Die einen zusammen und Babsi mit dem dämlichen Teddy. Da könnt ich zu viel kriegen. Wenn die im Bett liegt wie 'n Baby. Pervers. Da vergeht mir alles.

Sie geht nicht ran, aber ausgestellt hat sie mein Handy auch nicht. Wahrscheinlich wartet sie auf Nachrichten von Petra. Ihr Handy hat Viola natürlich nicht eingeschaltet. „Ich muss nicht immer erreichbar sein!" Ich will dich aber jetzt erreichen, verdammt noch mal!
Muss mit ihr reden. Sie kann doch nicht einfach so verschwinden. Gerade jetzt nicht. Natürlich bin ich selbst schuld, aber trotzdem. Man kann doch mal einen Fehler machen. Sie fehlt mir. Nicht nur, um mir öffentlich beizustehen. Auch jetzt, hier. Ohne sie zu frühstücken ist, als wäre sie tot. Ein schrecklicher Gedanke. Aber wenn sie tot wäre, wüsste ich wenigstens, wo sie ist. O je! Was denke ich für

Sachen? Ich bin völlig durcheinander. Kein Wunder, ich habe auch kein Auge zugetan. Musste dauernd an Viola denken. Wo sie wohl ist, wie es ihr geht, was sie von mir denkt. Es ist schrecklich, wenn man Dinge nicht richtigstellen kann. Wenn andere einfach denken, was gerade in ihre Vorstellung passt.
Und Petra? Kann sie gerade gar nicht spüren. Als ob ich alles nur geträumt hätte. War sie tatsächlich da? Haben wir uns wirklich auf meinem Sofa im Büro geliebt? Und wie soll das weitergehen? Wenn ich könnte, würde ich alles rückgängig machen. Obwohl es auch aufregend war. Körperlich. Es war wie eine Entfesselung. Eine Befreiung. Eine Explosion. Und jetzt stehe ich vor den Trümmern. War es das wert? Ist das die Frage? Ist nicht vielmehr die Frage, warum ich mir das alles auf diese Weise holen muss? Warum ich nicht vorher mit Viola darüber sprechen konnte? Andere Paare machen das doch auch. Es ist ein offenes Geheimnis, dass alle dasselbe Problem haben. Und vernünftige Menschen gestalten eine offene Beziehung, jede hat ihre Affären und lebt sich aus. Dann muss man nicht solche unüberlegten Dinge tun und die Beziehung riskieren.
Muss bügeln. Irgendeine Hose und irgendeine Bluse. Bin schon viel zu spät. Der Kaffee schmeckt auch nicht. Macht sonst eigentlich immer Viola das Frühstück? Das muss sich ändern. In Zukunft werden wir uns abwechseln. Wenn sie überhaupt noch einmal mit mir frühstücken will. Was mache ich, wenn sie nie mehr zurückkommt? Aber es ist ja ihre

Wohnung, natürlich wird sie zurückkommen. Oder würde sie sich etwas antun? Nein, nein, so etwas darf ich nicht einmal denken. So ist Viola nicht. Dazu ist sie zu vernünftig. Zu alt. Zu stolz.

Eigentlich kann sie nur bei Gudrun sein. Die wahrscheinlich den ganzen Tag auf sie einredet, dass sie mich verlassen soll. Weil sie schon seit zwanzig Jahren hinter Viola her ist. Die beste Freundin, von wegen! Sie ist wie ein Geier, wartet nur auf den richtigen Augenblick. Und der ist jetzt gekommen. Trotzdem. Ich muss bei ihr anrufen. Jetzt gleich. Erst überlegen, was ich sagen werde. Ob ich Viola sprechen kann? Aber was, wenn sie gar nicht da ist? Dann wird Gudrun misstrauisch. Ruft Viola an. Nein, das kann sie ja nicht, Viola hat doch ihr Handy ausgestellt. Oder ich frage sie, ob sie sich heute zufällig mit Viola trifft, ich müsse ihr etwas Wichtiges sagen? Auch nicht gut. Nein, ich warte noch bis heute Abend. Ich ertrage nicht, dass diese Kuh sich eins ins Fäustchen lacht.

Bestimmt kommt Viola später nach Hause. Sie muss sich ja umziehen. Das ist ihr wichtig, immer gepflegt auszusehen. Sie läuft nicht zwei Tage mit denselben Klamotten herum und sie wird sich auf keinen Fall etwas von Gudrun leihen. Sie muss also irgendwann hierher kommen. Wenn ich nicht diese verdammten Termine hätte, würde ich auf sie warten. Aber davon kann ich nichts absagen. Das wird sie verstehen. Ich hinterlasse ihr eine Nachricht auf dem Tisch. Genau. Das mache ich. Aber ich habe überhaupt keine Zeit mehr dafür.

Vergiftet sind meine Lieder, wie könnt es anders sein? Du hast mir ja Gift gegossen ins blühende Leben hinein. Wie wahr ist doch manche Poesie. Heinrich Heine. Er muss das auch erlebt haben, was ich jetzt durchmache. Ich kann nichts spielen. Meine Hände liegen wie gelähmt auf den Tasten, gehorchen mir nicht. Jede Melodie in mir ist erstorben. Kein Ton, den ich zum Klingen bringen könnte. Nichts. Absolute Stille.

Ich habe Stefanies Nachricht jetzt mindestens zwanzigmal gelesen. Ein kleiner Zettel für mich auf dem Küchentisch, lieblos herausgerissen aus dem billigen Schreibblock. Kein richtiger Brief. Immer in Eile. Flüchtige Zeilen, geschrieben auf dem rauen Papier, das wir immer für unsere Einkaufslisten benutzen. Bin ich ihr nicht mehr wert? Wann hat Stefanie mir das letzte Mal einen Brief geschrieben, einen richtigen Brief?

Viola, es tut mir alles so leid. Es ist ganz anders, als du denkst. Bitte bleib hier, wir müssen reden. Ich brauche dich. Ich liebe dich. Stefanie

Es ist ganz anders – wie abgeschmackt das ist. Und was meint sie überhaupt? Ganz anders als was? Ist es nicht so, dass die schreckliche Wahrheit die schlimmsten Befürchtungen noch bei Weitem zu übertreffen vermag? Woher will sie wissen, was ich denke?

Sie interessiert sich doch schon lange nicht mehr dafür, was in meinem Kopf vorgeht. Geschweige

denn in meinem Herzen. Es fühlt sich schwer an. Wund und doch wie Stein.
Stefanie kommt garantiert erst gegen Mitternacht nach Hause. Wer weiß, vielleicht ist sie bereits unterwegs nach Braunschweig? Mit dem letzten Zug hin, mit dem ersten wieder zurück. Jetzt, wo sie freie Bahn hat, wo ich ihr nicht mehr im Weg stehe. Sie wird sich ihre Gesundheit ruinieren. Aber was ist mit meiner Gesundheit?
Ich muss aufhören zu weinen. Ich sehe aus wie eine Vogelscheuche. Stefanie wird nicht nach Braunschweig fahren. Nicht heute. Sie wird nach Hause kommen, weil sie mir diesen Zettel geschrieben hat. Dann darf ich nicht so aussehen. Ich möchte nicht wirken wie ein Opfer. Will ich ihr überhaupt unter die Augen treten? Ihre Erklärungen hören? Tut es ihr leid? Und was ist mit der Pantherfrau?
Pantherfrau. Nein, ich darf sie nicht mehr so nennen. Sie ist nicht länger die Pantherfrau. Wie mein Herz liegt auch sie in einem dunklen, kühlen Grab, wo kein Sonnenstrahl die Erde mehr wärmt. Petra. Von nun an heißt sie auch für mich einfach nur Petra. Entzaubert, entweiht, den Träumen entrissen.
Alles ist so anders, selbst unsere Wohnung sieht ganz verändert aus, die Farbe der Vorhänge, die Konturen des Sofas, das schräg hereinfallende Licht, die Biedermeierkommode, die ich so liebe – alles ist fremd. Ich bin allein. Ein Gast bei mir zu Hause. Gestern im Hotel umhüllte mich die Einsamkeit wie ein schwerer Schatten, schmiegte sich an mich und verdunkelte meine Seele. Heute, hier in unserer gemeinsamen Wohnung, trifft mich

die Einsamkeit brutal wie ein Keulenschlag: Stefanie hat uns verraten.
Ob ich ihr jemals wieder vertrauen kann?
Wenn sie mich wirklich noch liebt, muss sie die Pantherfrau – nein: Petra – vergessen. Darf sie nie wieder sehen. Kein einziges Mal.
Man darf so etwas nicht tun. Es ist grenzüberschreitend. Aber über wie viele meiner Grenzen ist sie gegangen? Ich werde die angekommenen Kurznachrichten nicht mehr lesen. Ich will nichts mehr davon hören und sehen. Nur noch die eine an Petra schreiben. Eine letzte Nachricht, damit dieser Albtraum endlich ein Ende hat.
Wie gut, dass ich damals direkt neben dem Gästezimmer ein kleines Badezimmer habe einbauen lassen. Als hätte ich geahnt, dass ich es eines Tages selbst benötigen würde. Ich werde ein heißes Bad nehmen. Die Gedanken und Träume der letzten Tage von mir abwaschen, meinen von der Schlaflosigkeit malträtierten Körper pflegen, eine Tablette nehmen und mich hinlegen. Vergessen. Alles vergessen. Hinter verschlossener Tür.

Puh, Babsi schon weg zur Arbeit. Hab die eigentlich schon lange nicht mehr richtig gesehen. Gestern war die auch wieder nicht in der *Mutter* und auf dem Wohnzimmertisch lagen zwei leere Chipstüten. Irgendwas ist mit der. Kann nicht immer noch die Bluterei sein. Das wär ja nicht normal.

Gleich mal gucken, ob Steffi noch so verqueres Zeug geschickt hat. Da, eine Nachricht von ihr: *Petra, ich werde nicht nach Braunschweig kommen. Wir werden uns nie mehr wiedersehen. Ich liebe dich nicht. S.* Was? Liebt mich nicht? Spinnt die? Hab ich doch gar nicht von der verlangt! Würd ich auch gar nicht wollen. Lieb die ja auch nicht. Wie kommt die denn auf so was? Gehört das zu dem Seelenkrempel, den die gestern rausgehauen hat? Das versteh, wer will. Ist wahrscheinlich besser so, dass die nicht mehr nach Braunschweig kommt. Gibt nur Probleme. Sieht ihr gar nicht ähnlich, so 'n Müll zu schreiben. *Ich liebe dich nicht.* Hat sie bestimmt bloß gemacht, weil die Vogelscheuche das wollte. Die stand hundertpro daneben, als Steffi das reingetippt hat. Wenn die mich schon auf offener Straße verfolgt! Klar, die Vogelscheuche hat alles rausgekriegt und Steffi hat jetzt 'n Problemchen. Voll den Ärger.
Die Alte hat die Kleine bestimmt total im Griff. Arme Steffi. Also, ich würd mir das ja nicht gefallen lassen, dass mich eine so rumkommandiert. Man muss doch noch 'n eigenständiger Mensch bleiben. Und das bei 'ner Politikerin. Würd man ja auch nicht denken. Dass die zu Hause nicht die Hosen anhat!
Babsi ist irgendwie komisch. Sonst kocht die immer Kaffee und deckt den Tisch. Eingekauft ist auch nur: es geht so. Fast leer, der Kühlschrank. Kein gutes Zeichen. Die hat was. Das merk ich genau. Wollte auch gar nicht kuscheln, als ich heute Nacht ins Bett kam. Will die sonst immer. Hat sich weggedreht. Die weiß auch nicht, was sie will.

Muss los. Angie wartet. Nebenjob mit Klappe halten. Eigentlich wollt ich so was ja nicht mehr machen, aber ich brauch echt Kohle. Für 'n Übergang, aber auch so auf Dauer. Manu hat gesagt, ich soll was lernen. Übers Arbeitsamt. So mit Computern. Vielleicht hat die ja recht. Hab aber null Bock dahinzugehen. Nümmerchen ziehen, warten, Zettel ausfüllen. War ja schon mal da, bin dann wieder gegangen. Wollte da noch mal mit Manu hin. Aber dann hat die mich ja rausgeschmissen. Schlecht gelaufen. Das mit Babsi ist schon okay, aber nichts für lange. Das mit Manu war einfach besser. Ob ich noch Chancen bei der hab?

Stumme Anklage. Das ist noch schlimmer als Streit. Das ist das Schlimmste! Wieso hat sie sich nur eingeschlossen? Denkt sie, ich würde gegen ihren Willen ihr Zimmer betreten? Und wieso ist sie überhaupt im Gästezimmer? Die ganze Nacht kein einziger Laut. Kein Zettel, keine Nachricht. Nur mein Handy lag auf dem Küchentisch. In alle Einzelteile zerlegt, ohne Speicherchip. Das Adressbuch, die gespeicherten Nachrichten – alles weg! Wahrscheinlich hat Viola den Chip vor Wut zerstört. Damit ich keinen Kontakt mit Petra aufnehmen kann.

Am liebsten wäre ich hinaufgelaufen, hätte gegen die Tür getreten und sie dafür zusammengestaucht! Was denkt sie eigentlich, was sie mit mir machen kann? Ich bin Bundestagsabgeordnete! Wer weiß, welche Nummern nun auf Nimmerwiedersehen verschwunden sind! Habe mich aber beherrscht. Wenn es nicht so tragisch wäre, könnte man schon fast darüber schmunzeln. Wusste gar nicht, dass Viola so eifersüchtig sein kann. Das heißt aber auch, dass sie mich noch liebt. Mich vielleicht doch nicht verlässt.

Würde gerne etwas Nettes zu ihr sagen, aber ich respektiere, dass sie mich nicht sehen will. Sie ist gekränkt. Wäre ich an ihrer Stelle auch. Eigenartig nur, dass ich überhaupt kein Geräusch hören kann. Und wenn sie gar nicht drinnen ist? Aber wieso sollte sie dann abgeschlossen haben? Ich könnte ihr Frühstück vor die Tür stellen. Klopfen und rufen: Frühstück ist fertig! Oder ihr ein Zettelchen unter der Tür durchschieben.

Und wenn sie doch Tabletten genommen hat? Im Affekt? Da drinnen liegt und sich dem Tod entgegenschläft, während ich hier unten Kaffee trinke? Was soll ich denn nur machen? Das würde ich mir nie verzeihen. Ohne Viola leben? Niemals! Das kann ich mir überhaupt nicht vorstellen.

Ich gehe nach oben und lausche. Oder schaue durch das Schlüsselloch. So, dass sie es nicht merkt. Auf Socken, schleiche mich an die Zimmertür. Erst einmal leise die Treppen hoch. Hoffentlich kommt sie nicht gerade jetzt raus. Wieso habe ich solches Herzklopfen? Fühle mich wie eine Einbrecherin in meiner eigenen Wohnung. Meine eigene Wohnung? Fragt sich, wie lange noch. Da! Die Wasserspülung! Gott sei Dank. Sie ist im Bad. Schnell wieder hinunter. Dann mache ich das mit dem Frühstück.

Aber ich stelle es nicht vor die Tür. Bereite es unten vor. Und auf dem Weg zum Taxi gehe ich bei dem Blumengeschäft vorbei und lasse ihr einen Strauß schicken. Oder bitte Bernd darum.

Noch ein paar Tage und ich bin Bügelweltmeisterin. Geht schon ganz gut. Immerhin sehe ich nicht verknittert aus. Kann ich mir auch nicht leisten. Schaffe aber nicht mehr alle Blusen, den Rest muss ich hier liegen lassen. Noch eineinhalb Tage. Das hätte ich mir auch nicht zu träumen gewagt, dass ich am Schluss alleine wäre. Obwohl es ehrlich gesagt fast besser ist. Ich kann mich voll und ganz auf die Reden konzentrieren, muss keine Termine mit Viola absprechen, nicht auf sie warten oder etwas mit ihr timen. Wenn ich nicht dauernd darüber nachdenken müsste, ob sie mich verlässt oder sich umbringt, wäre mein Zustand optimal. Ich muss selbstständiger werden, mit oder ohne Viola. So, wie ich früher war. Da habe ich meine Angelegenheiten auch alleine geregelt, wurde bewundert für meine Eigenständigkeit. Hat sich Viola nicht auch deshalb in mich verliebt?

Vielleicht mag sie gar nicht mehr, wie ich heute bin? Vielleicht zieht sie sich zurück und der Schmerz kommt ihr gerade gelegen, um sich von mir zu trennen?

So: Brot, Butter, Käse, Schinken, Milch, Orangensaft. Sauerei, den selbst zu pressen, alles klebrig, igitt. Aber Viola trinkt nur frisch gepressten. Kann mich jetzt nicht mehr darum kümmern, bin schon wieder zu spät. Kommt Irina nicht bald? Nur noch den Kaffee in die Thermoskanne und ein

Zettelchen dazu. Zettelwirtschaft. Es ist fast so, als kommunizierte ich mit einer Außerirdischen. Einem Geist. Was schreibe ich darauf? Nicht zu liebevoll, aber auch nicht zu distanziert. Etwas Bedeutungsvolles.

Frühstück ohne dich ist nur halb so schön. Wie alles andere auch.

Stimmt das eigentlich?

Vergebliche Liebesmüh. Glaubt sie, sie könnte mich mit einem gedeckten Frühstückstisch und einem üppigen Blumenstrauß besänftigen? Du lieber Himmel, hier klebt ja alles! Aber dass sie an den Saft gedacht hat, ist rührend. Sie ist sich ihrer Schuld bewusst. Tue ich ihr unrecht? Tut es ihr wirklich leid?

Das Handy liegt immer noch so auf dem Küchentisch, wie ich es hinterlassen habe. Was bedeutet das? Dass sie es nicht mehr benötigt? Dass sie Petras Nummer nicht mehr braucht? Oder dass sie einfach ein anderes Telefon dafür verwendet?

Möglicherweise ist für Stefanie ohne mich wirklich alles nur halb so schön. Aber vielleicht wäre alles mit einer anderen doppelt so schön? Könnte es sein, dass ich gar nicht gut für sie bin? Sie in ihrer Entwicklung behindere, ihrem Glück im Weg stehe? Hat sie sich deshalb einer Frau zugewandt, die das völlige Gegenteil von mir ist? Aber wenn mich meine Gefühle nicht getäuscht haben? Wenn es wahr ist, dass Petra – die Pantherfrau – und mich etwas Metaphysisches verbindet? Wenn tatsächlich eine Seelenverwandtschaft zwischen uns besteht? Dann hat Stefanie sich indirekt doch wieder mir zugewandt. Dann sucht sie mich in einer anderen. Muss ich mich verändern? Oder muss ich mehr ich selbst werden? Vielleicht ist das alles ein Zeichen einer höheren Instanz. Es kann doch kein Zufall sein, dass wir uns beide derselben Frau zuwenden, die noch dazu einer ganz anderen Welt entstammt. Steht Petra – die Pantherfrau – für etwas, das Stefanie und mir fehlt?

Ich muss über all das mit jemandem reden. Mit Gudrun ist das nicht möglich, sie wird es nicht verstehen. Und sonst habe ich keine Vertrauten. Das ist bitter. Freunde erkennt man in der Not. Habe mich vollkommen zurückgezogen in den letzten Jahren.

Besonders, seit Stefanie in der Politik ist. Am Anfang habe ich noch regelmäßig meine Freundinnen gesehen. In dem netten Literaturzirkel, bei Konzerten oder auch einfach nur zum gemütlichen Abendessen. Aber irgendwann wurde ich nicht mehr eingeladen. Oder man hat mich eingeladen, aber ich bin nicht mehr hingegangen. Weil ich die Zeit lieber mit Stefanie verbracht habe. Wie lange ist es her, dass ich mich meinen ganz eigenen Neigungen gewidmet habe?

Vielleicht sollte ich mich auch dem technischen Zeitalter nicht so verschließen. Ich habe nicht einmal eine eigene E-Mail-Adresse. Wozu auch? Ich kenne überhaupt niemanden, der mir etwas schicken könnte. Das muss sich ändern.

Vielleicht kann ich wieder Kontakt zu meinem alten Bekanntenkreis aufnehmen? Falls sie überhaupt noch etwas mit mir zu tun haben wollen. Oder meine Freundinnen in Düsseldorf besuchen. Genau. Ich fahre nach Hause. Dorthin, wo ich herkomme. Zurück zu den Wurzeln, um nachzusehen, was noch davon übrig ist. Nicht mit Stefanie oder Gudrun. Alleine. Nehme mir ein kleines Hotel in der Altstadt und versuche, mich zu erinnern. An Viola Weinheimer, die ich einmal war, und vor allem an Viola Weinheimer, die ich einmal werden wollte. Und dann vergleiche ich sie mit der Frau, die ich heute bin. Und die Musikschule. Ich werde anrufen und fragen, weshalb ich die Stelle nicht bekommen habe. Mir eine andere Arbeit suchen. Ja, ich werde mir eine Aufgabe suchen. Ausgehen. Mit oder ohne Stefanie.

Pfirsich Melba. Eis nach dem Training ist gut für die Muckis. Da reißt der Panther sein Maul gleich noch 'n bisschen weiter auf. Kein Wunder bei den Gewichten. Musste erst mal meinen Brass loswerden. Stemmen bis zum Umkippen, damit ich ruhiger werd. Babsi tickt ja wohl nicht mehr richtig. Macht den totalen Aufstand wegen der Berlinfahrt am Mittwoch. Hat die Fahrkarte gefunden. Wieso hab ich die auch aufgehoben? Halt so als Andenken. Will ja vielleicht doch mal wieder nett an Steffi denken. Woher sollte ich auch wissen, dass Babsi in meinen Taschen rumschnüffelt?

Hätt ich mir aber eigentlich denken können, selber schuld. Glotzt doch auch immer so neugierig auf mein Handy. Ist aber noch 'n bisschen was anderes als in meiner Jacke rumkramen. Hat sich das Teil natürlich genau angesehen und Film ab – total hysterisch rumgesponnen von wegen erster Klasse. Von wem ich die denn hab, ich hätte doch gar keine Kohle. Aber vielleicht hätte ich ja auch heimlich ganz viel Kohle und sie wüsste nur nichts davon. Kam voll drauf, zu viel Fernsehen. Fängt die mit der Russenmafia an! Die Russenmafia in Berlin, wüsste doch jeder. Jau, und Petramaus mischt da voll mit und lässt sich vom Boss persönlich, vom Oberrussen, zu 'ner wichtigen Geschäftsbesprechung einladen.

Wegen dem Job bei den Anwaltheinis glaubt die doch, sie vertritt das Gesetz oder so. Als wär sie die Polizei. Oder noch besser: 'ne Richterin. Am besten noch die mit diesen roten Joppen und den roten Käppis, die manchmal in den Nachrichten sind. Dabei tippt Babsi doch nur die Briefe und kocht Kaffee und hängt die Mäntel von der Kundschaft an die Garderobe. Soll sich mal nicht so wichtig nehmen. Soll mal besser aufpassen, wie sie mit mir umspringt. Sonst ist bei Petramaus nämlich ganz schnell der Ofen aus.

„Wenn du krumme Dinger drehst, fliegst du raus!"

Hätte mir gerade noch gefehlt. Wo soll ich denn dann hin? Zu meinem Alten? Würde mich aber von Babsi nicht einfach vor die Tür setzen lassen. Der würd ich was erzählen. Zahl der schließlich Miete. Das ist was anderes als bei Manu. Ich kann so lange bleiben, wie ich Miete zahl. Hab ich für den Monat

aber noch gar nicht. Woher nehmen, wenn nicht stehlen, und wenn stehlen, wo?
Gut, dass ich wenigstens hier nichts löhnen muss. Die Eisdiele gehört Angies Alten. Im Sommer gibt's hier Eis und im Winter benutzt Angie den Laden als Lager. Da laufen die Geschäfte besser. Auch die Fuhren. Kommt ja keine Sau drauf, dass hier die Kisten stehen, die von den Lastern fallen. Muss ja auch keiner wissen. Und deshalb krieg ich hier so viel Eis, wie ich will.

Sonntag, morgen ist Sonntag und dann ist alles vorbei. Oder alles gewonnen. Reiße jetzt einfach die roten Blütenblätter von einer der Margeriten ab, die Viola nicht einmal ausgepackt hat. Aber immerhin hat sie die Blumen ins Wasser gestellt.
Also: Wir schaffen es, wir schaffen es nicht, wir schaffen es, wir schaffen es nicht, wir schaffen es, wir schaffen es nicht – wer denn eigentlich? Die Partei? Viola und ich? Petra und ich? Und was genau? Den Einzug in die Regierung? Will ich noch gar nicht wissen. Unsere Beziehung? Darüber will ich nicht nachdenken. Eine Affäre? Möchte ich momentan gar nicht mehr.
Zurück mit der abgerupften Blume in die Vase. Das sieht geradezu tragisch aus. Soll Viola ruhig sehen, wie elend es mir geht.
Aber das Leben ist doch kein Glücksrad. Ich muss Entscheidungen treffen. Alles geben, damit die

Dinge eintreffen, die ich mir wünsche. Was wünsche ich mir?
Ich will, dass wir über zwölf Prozent bekommen. Dass Kornmüller rausfliegt. Dass ich aufsteige. Heute Abend ist die letzte Gelegenheit, Stimmen zu holen. Talkrunde im ZDF. Spitzeneinschaltquoten. Volle Konzentration. Viola steht hinter mir. Trotz allem. Sie hat sogar meinen Anzug gebügelt und außerdem noch die Blusen, die ich gestern nicht mehr geschafft habe.
Die Aussprache heute Morgen war gut. Habe Viola noch nie so weinen sehen. Das Ganze hat sie wirklich mitgenommen. Mich ja auch. Aber ich bin nicht so verletzt. Sie hat meine Entschuldigung angenommen. Merkwürdige Dinge gesagt. Sie scheint viel nachgedacht zu haben. Ich nicht. Ich weiß überhaupt nicht, wo mir der Kopf steht. Viola ist mir vertraut und doch fremd. Sie lässt sich nicht von mir in den Arm nehmen, bleibt auf Distanz. Und sie macht mir keine Vorwürfe. Nichts. Sie ist nur traurig. Versucht, nicht zu weinen, aber manchmal bricht es aus ihr heraus. Aber sie verlässt mich nicht. Sie hat versprochen, dass sie bleibt. Nach der Wahl machen wir eine Paartherapie.
Nach der Wahl? Das ist ja schon übermorgen!
Ob Viola heute Abend mitkommt? Ich wage nicht, sie darum zu bitten. Das wäre zu viel verlangt. Aber ich hätte sie gerne bei mir. Ich brauche das Gefühl, dass alles in Ordnung ist. Auch wenn gar nichts in Ordnung ist. Gerade dann. Petra wartet bestimmt auf eine Nachricht von mir. Aber darum kann ich mich jetzt nicht kümmern. Ich werde versuchen,

nächste Woche mit ihr Kontakt aufzunehmen. Das wird sie verstehen, sie weiß ja, wer ich bin und dass ich jetzt keinen Kopf dafür habe.
Viola hat Tee gekocht.
Sie ist immer so fürsorglich. Würde mich gerne neben sie auf die Couch setzen und ihre Hand halten. Meinen Kopf in ihren Schoß legen. Die Augen schließen und für einen Moment ausruhen. Alles vergessen. Die Wahl. Uns. Mich.

Verloren, Stefanie wirkt so verloren. Wie gut, dass ich mitgekommen bin. Hier geht es ja drunter und drüber. Stefanie ist ganz blass. Aber das wird der Maskenbildner schon richten. Live-Auftritte im Fernsehen stressen sie kolossal. Ich kann das verstehen. Man darf keinen Fehler machen, muss gut aussehen und die Gunst des Augenblicks nutzen. In Topform sein. Stefanie ist nicht in Topform, aber ich habe mir alle Mühe gegeben, sie aufzubauen. Versucht, ihr die große Last von den Schultern zu nehmen. Natürlich habe ich ihr die Wahrheit gesagt. Wie schwer das Wissen darum ist, dass sie mich betrogen hat. Aber dass es für sie jetzt um alles geht. Dass wir nächste Woche miteinander reden werden, in aller Ruhe.
Elf Jahre wirft man nicht einfach weg. Die Zeit verbindet, schweißt zusammen. Umso schmerzhafter ist der Verlust des Vertrauens. Ob ich ihr jemals wieder glauben kann? Sie habe mich gar nicht belogen, hat sie heute Morgen gesagt. Sie habe nur

geschwiegen. Ist das ein Unterschied? Sie hätte es mir gesagt, sie habe nur keine Gelegenheit dazu gehabt. Und dann? Wie hätte ich darauf reagiert? Oder hätte Petra zuvor auch mir Hoffnungen gemacht und mich zum Betrug anstiften wollen? Nein, ich wäre Stefanie treu geblieben. Auch wenn ich von der Pantherfrau geträumt habe. Mich geheimen, tiefen Sehnsüchten hingegeben habe, voller Verlangen war. Ich hätte Stefanie nicht für sie aufgegeben. Niemals. Das weiß ich jetzt. Auch wenn es mir schwergefallen wäre. Dieses Opfer hätte ich gebracht. Und jedes andere auch. Ich liebe meine Lebensgefährtin. In guten wie in schlechten Zeiten. Ich bleibe bei ihr.

Da ist Bernd. Er ist mindestens so aufgeregt wie Stefanie. Macht sie nur noch nervöser. Ich setze mich am besten hier vorne in die erste Reihe, damit sie mich gut sehen kann. Halte Bernd den Platz neben mir frei. Vielleicht sollte ich als Coach in die Politik gehen? Immerhin habe ich mein halbes Leben mit Organisation, persönlicher Betreuung und Finanzen verbracht. Ich könnte eine dieser sündhaft teuren privaten Universitäten besuchen und einen anerkannten Abschluss machen. Soweit ich weiß, gibt es ein renommiertes Wirtschaftsinstitut in der Schweiz. Das wäre eine Herausforderung. Mit siebenundvierzig noch einmal etwas ganz Neues beginnen. Meine Kompetenzen professionalisieren und die Musik zu dem machen, was sie eigentlich schon lange ist: ein Hobby.

Ich muss mich nächste Woche über alle Möglichkeiten informieren. Im Internet. Ich kaufe

mir gleich am Montag einen eigenen Computer, es gibt ja heute sehr formschöne und elegante Geräte. Damit ich recherchieren kann und auch, um mich mit der Multimediawelt vertraut zu machen. Ein Privatlehrer wäre sicher gut. Wer weiß, vielleicht kann ich schon bald anfangen. Mit einem Computerkurs und dem Studium.
Gleich ist es so weit. Sonst hat Stefanie immer etwas von mir eingesteckt. Einen Talisman. Das habe ich heute ganz vergessen. Hoffentlich bringt das kein Unglück. Jetzt schaut sie zu mir her, geht gleich auf die Bühne. Sie sieht ganz unglücklich aus. Was kann ich ihr denn geben? Etwas, das in der Hosentasche Platz hat. Ja, ich weiß. Es steht für Vertrauen. Es dokumentiert unsere Bindung. Ich gebe ihr den Chip ihres Handys zurück.

Prickelnd ist auch was anderes. Babsis Schwester besuchen. Schlimm. Kann aber nicht schon wieder nicht mitkommen wie letztes und vorletztes Mal. Nimmt Babsi mir übel. Hab aber gleich gesagt: Nur bis vier. Dann geh ich nämlich in die Muckibude. Kommt mir nichts dazwischen. Und danach zu Manu. Das hab ich Babsi natürlich nicht gesagt. Die bleibt bestimmt noch bei den Gören. Bringt die ins Bett und Putschiputschi. Alles nichts für mich.
Und der Typ von der Schwester ist der allerletzte Heuler. ’n Berufssoldat. Ich weiß nicht. Anständige Menschen werden so was nicht. Rennt

immer in so ’ner Uniform rum, als hätt der nie Feierabend. Außerdem kann der mich nicht leiden. Wahrscheinlich, weil ich mehr Muckis hab. Das ist so ’n Hemd. Eben einer, der ’ne Knarre braucht, wenn’s drauf ankommt.
Babsi wartet jetzt erst mal. Ohne mich geht’s hier eh nicht los, Petramaus hat ja das Auto. Kann sie nichts sagen. Ist froh, dass sie nicht mit dem Bus da raus muss. Wer zieht da auch freiwillig hin? Voll der Stadtrand. Merkt man auch. Wohnen nur so Familien. Voll öde. Babsi will da auch wohnen. Mit Garten und so ’nem Kram. Ich brauch keinen Garten. Ich brauch ’ne Garage.
Ob Steffi mir noch ’ne Abschiedsmail geschrieben hat? Mal nachsehen. Nee. Keine neuen Nachrichten. Bisschen schade ist es schon. War auch aufregend. Und mal was ganz anderes. Mal raus hier und große weite Welt schnuppern. Ich komm ja hier sonst nicht weg. Jedenfalls nicht mit den paar Kröten, die ich in der *Mutter* verdien. Mit Manu war das geil. Wenn die Ferien hatte, ging’s los. Und die hatte dauernd Ferien. Reisebüro und Last Minute. Nach Hause, Koffer packen und ab durch die Mitte. Kann ich mir wohl erstmal abschminken.
Angie hat gesagt, sieht schlecht aus mit Fuhren in nächster Zeit. Die Bullen sind auf Hallo wach. Ob ich wieder zocken soll? Aber wenn’s nicht klappt, seh ich alt aus. Tank leer. Null Reserve. Die Karre verkauf ich auf keinen Fall. Und wenn ich betteln gehen muss. Ohne die Karre bin ich nur ’n halber Mensch. Ist aber voll teuer. Steuer, Versicherung, TÜV, Sprit.

Ob ich mal den Alten anpumpen soll? Der kann doch mit seiner Kohle sowieso nichts machen, außer sie versaufen. Ob der 'n Sparbuch hat? Aber was soll da schon drauf sein? Egal, das mach ich sowieso nicht. Meinen Alten plündern ist nicht nett. Hat der nicht verdient.

Ja, gleich. Erst mal noch 'ne Runde ballern hier, läuft gerade so gut. Halbes Stündchen noch. Babsi nörgelt. Die geht mir auf den Sender. Soll sie doch mit dem Bus fahren. Muss ich auch nicht mit. Seh ich sowieso nicht ein. Ist ja nicht meine Verwandtschaft. Auch wenn Babsi so verheiratet tut. Ich bin nicht mit der verheiratet. Mit der bin ich nicht mal verlobt.

Sieht man mir die Enttäuschung an? Haltung bewahren. Nur das Gesicht nicht verlieren. Kann sich noch alles ändern. Alles? Nein. Wir sind raus, so viel steht fest. Das reicht nicht, niemals. Verdammt, da kommen die Pressegeier schon. Muss mich im Hintergrund halten. Wo ist denn Kornmüller? Der hat doch sonst immer so viel zu sagen. Wo ist denn jetzt die große Klappe, die uns die Schlappe hier eingebrockt hat?

Nein, noch zu früh, noch kein Kommentar, erst einmal abwarten. Grundsätzlich gutes Ergebnis? Glaubt mir doch kein Mensch. Gott, grinst der Pressefuzzi hämisch. Muss mich aus der Schusslinie ziehen. Viola, da kommt Viola mit dem Wasser. Gott sei Dank. Geh jetzt bloß nicht weg. Viola lächelt, schirmt mich ab. Bring mich hier fort! Lasse mich von ihr führen. Mir ist zum Heulen. Wir haben es nicht geschafft. Alles umsonst. Ich habe versagt. Dr. Stefanie Krause war ganz offensichtlich keine gute Wahl. Alles vermasselt. Ich höre schon die Kleinschmidt: „Das war ja abzusehen, mit Stefanie als Spitzenkandidatin!"

So still hier im Hinterzimmer. Schauen alle betreten auf die Hochrechnungen. Eine Katastrophe. Da rechnet sich nichts. Jedenfalls nicht für uns. Da draußen ist die Stimmung auch nicht besser. Tolle Wahlparty. Unsere Anhänger hatten sich das hier auch etwas anders vorgestellt. Ich hasse das. Warum kann man jetzt nicht einfach sagen: Sorry Leute, wir danken euch, hat nicht geklappt, tut uns leid, geht einfach nach eurem Bier nach Hause? Stattdessen muss ich gleich auf die Bühne und alles schönreden. Ich weiß nicht, ob ich das kann. Auf so ein Desaster war ich nicht vorbereitet.

Aus der Traum. Wir sind draußen. Ich bin draußen. Da drüben steht Brigitte und weint. O je. Und die Führungsriege versucht, sich zu trösten. Nein, sich zu retten. Für mich gibt es keine Rettung. Ich übernehme persönlich die Verantwortung und ziehe die Konsequenzen.

Und dann? Vielleicht beginnt dann ganz einfach wieder ein normales Leben. Essen. Schlafen. Meine Beziehung retten. Ins Kino gehen, Fahrrad fahren, einkaufen.

Meine Knie sind ganz weich. Ich will nicht vor die Kameras treten. Was soll ich denn sagen? Die Wahrheit? Dass eine Partei mit solchen Idioten wie

Kornmüller keine Chance hat, ernst genommen zu werden? Dass ich froh bin, dass es vorbei ist? Dass sie meine Freundin fragen sollen, die kann das sicher alles viel besser erklären? Petra in die Kamera winken?
Viola muss mitkommen. Ich kann unmöglich alleine da raus. Ja, ich komme ja schon. Viola? Sie nickt. Auf Viola ist Verlass.

Va banque. Politik ist ein Vabanque-Spiel und Stefanie hat verloren. Wie jung sie gerade aussieht. Und wie verletzlich. Ich muss sie bald von hier wegbringen. Sie hat ihre Sache gut gemacht. Auch die Stellungnahmen heute Abend. Souverän. Wenn man sie nicht kennt, merkt man ihr nicht an, wie außer sich sie ist. Fassungslos.
Vielleicht hätte ich sie besser vorwarnen sollen? Ich habe es kommen sehen. Aber in den letzten Tagen war ich ihr keine große Unterstützung mehr. Habe zu viel an mich selbst gedacht. Bereits bevor ich sie in flagranti erwischt habe.
Was sagt sie da? Das darf doch nicht wahr sein! Sie erklärt ihren Rückzug aus der Politik? Gibt alle ihre Ämter auf? Aber warum denn? Wieso hat sie nicht vorher mit mir darüber gesprochen? So etwas tut man doch nicht so überstürzt. Das ist im Nachhinein irreparabel und morgen sieht die Welt doch schon ganz anders aus. Was redet sie denn? Sie will sich in Zukunft mehr um ihr Privatleben kümmern? Aber Stefanie! Deshalb musst du doch

nicht deine Karriere aufgeben! Wir machen alle einmal Fehler.

Sie fühlt sich schuldig. Das ist ihr Protestantismus. Sich immer selbst bestrafen müssen. Da haben wir es im Beichtstuhl besser gehabt: Gestehen und danach Absolution. Ich hätte mich ihr gegenüber weniger fordernd verhalten dürfen. Ich habe ihr ein schlechtes Gewissen gemacht. Jetzt trifft sie aus emotionalen Gründen eine falsche Entscheidung.

Ich muss sie stoppen. Schluss jetzt, Stefanie, hör auf. „Nein, Frau Dr. Krause hat jetzt ein anderes Interview. Tut mir leid, vielleicht zu einem späteren Zeitpunkt, vielen Dank."

Um Himmels willen. Sie lacht unkontrolliert und laut. Das ist kein gutes Zeichen. Schlimmstenfalls kann sie nicht mehr aufhören und es endet in einem Weinkrampf. Ich muss sie von hier fortbringen. Das letzte Mal passierte es, nachdem ihre Mutter zu Besuch war. Eine schreckliche Frau. Sie hat in den drei Tagen nicht ein einziges Mal gefragt, wie es Stefanie geht. Ununterbrochen von sich gesprochen und ihrer Tochter Vorwürfe gemacht. Kein Wunder, dass Stefanie unter einem solchen Leistungsdruck steht.

Jetzt hat sie es gemerkt. Dass sie sich nicht mehr unter Kontrolle hat. Sie sieht ganz verzweifelt aus unter dem verzerrten, hysterischen Lachen. Wenn sie jemand so sieht, das darf ich mir gar nicht vorstellen. Auf so etwas warten die gnadenlosen Medien doch nur. Sie muss sich setzen. Lacht und weint gleichzeitig. Zittert. Mein armer Liebling.

Bernd. Ich muss Bernd bitten, mir zu helfen. Wir

müssen Stefanie hier rausschaffen. Wo steckt er bloß? Das ist kein hysterischer Anfall, das ist ein Nervenzusammenbruch. Soll ich einen Krankenwagen rufen? Nein, das erweckt zu großes Aufsehen. Auch das noch. Die ARD. Hat uns gesehen. Kommt auf uns zu. Du lieber Himmel, wie soll das jetzt gehen?
„Liebes. Du musst dich jetzt zusammenreißen. Komm, ein letztes Mal. Hör auf zu lachen. Sag dem Fernsehen, dass alles gut ist. Danach bringe ich dich nach Hause."

Penibel gebügelt wär das Hemd auch besser gekommen, aber Babsi musste das Bügeleisen ja an die Wand werfen. Konnt den Kopf gerade noch einziehen. Ein Temperament hat die manchmal, echt die Härte. Könnt man doch glatt einen mit umbringen! War der aber egal. Und alles bloß, weil ich noch 'n bisschen am Computer gespielt hab. Fing die an zu hetzen. Kann ich gar nicht gut haben, wenn eine drängelt. Und dann das ganze Programm. Ich lieb sie nicht, immer, wie ich will, und der ganze Quatsch. Dann hab ich ihr mal gesagt, wie das wirklich laufen würde, wenn es so laufen würde, wie ich will. Und dann hat sie mir das Bügeleisen um die Ohren geknallt. Und jetzt seh ich aus, als hätt ich in dem Hemd gepennt. Ausgerechnet, wenn ich Manu treff.
Schon zweimal geklingelt. Manu nicht da oder was? Will die mich verarschen? Jetzt kommt sie, das hör ich. Ich cool. Haare zurück. Tür auf. Wow! Wie hat

die sich denn ins Zeug gelegt? Erste Sahne. Und ich im Knitterhemd, na toll. Hat ’ne neue Garderobe, schick. Häng ich mal die Jacke hin. Oder soll ich gleich wieder gehen?
Wie sieht’s denn hier aus? Hält die ’ne Messe? Total viele Kerzen. Und auf’m Tisch Schampus. Bin ich hier im richtigen Film? Sieht so aus, als wollte sie sich versöhnen. Glaube ich noch nicht. Am Ende ist die Show gar nicht für mich. Mal ganz cool bleiben jetzt. Nicht, dass ich hier was falsch versteh. Superpeinlich wär das. Schampus? Klar. Auf was trinken wir?
„Auf dich und mich."
Meint die das ernst? Sieht so aus. Na dann mal Prost! Und jetzt? Meine Sachen. Deshalb bin ja hier. Wie, meine Sachen sind da, wo sie hingehören? Hä? Wieso grinst die so? Das gibt's nicht. Das glaub ich nicht. Die will mich wiederhaben? Ich soll wieder einziehen? Echt? Geil. Voll geil. Das Allergeilste.
Endlich wieder Manu. Manu umarmen ist einfach das Größte. Die ist genau richtig. Bei der stimmt alles. Die hat genau die richtige Figur, die riecht gut, die hat die schönsten Hände von der Welt. Essen? Nee, zuerst ins Bett und dann was essen, ist doch klar. Und die Kleine? Manu lacht. Reingefallen. Ist ihre Nichte! War in den Herbstferien da. Hat jetzt wieder Schule. Hat sie extra gemacht. Klar, damit ich eifersüchtig werd. War ich ja auch. Und wie. Ist doch logisch: Manu gehört mir. Punkt.
Wieso läuft eigentlich die Glotze ohne Ton? Kein *Tatort* heute? Nein, die Wahl. Was für ’ne Wahl? Klar, die Wahl von Steffi. Hab ich ganz vergessen.

Steffi? Da ist ja Steffi im Fernsehen. Ganz groß im Bild. Ist vielleicht doch richtig bekannt, 'ne echte Prominente. Und neben ihr die Vogelscheuche. Muss gut gelaufen sein. Steffi sieht voll glücklich aus. Wird die jetzt Bundeskanzlerin? Strahlt total. Lacht sich fast schlapp. Muss sich an der Vogelscheuche festhalten. Die guckt 'n bisschen bedröppelt. Freut die sich nicht? Na, Hauptsache Steffi geht's gut. Der gönn ich's nämlich.
Und mir auch.

Pressestimmen zu den Autorinnen:

„Corinna Waffender zeigt auch in ihrem neuen Roman ein sprachliches Niveau, das seinesgleichen sucht."
Virginia Buchkritik 3/07, zu dem Roman
„Flüchtig bleiben"

„Regina Nössler ist eine wunderbare Schriftstellerin. Leichtfüßig, tabulos und mit einem unglaublichen Blick für Situationskomik begleitet sie ihre Heldin Katja durch ihre Pubertät."
Neue Zürcher Zeitung, zu dem Roman
„Wahrheit oder Pflicht")

„Subtil, vielschichtig, durchweht von einem Hauch Highsmith und ihrem wunderbaren, gewohnt lakonischen Stil erzählt die Autorin eine Geschichte von Versagen und der Sehnsucht nach Glück."
Lesbenring-Info, März 2007,
zu dem Roman „Tiefe Liebe, freier Fall"

„Von Corinna Waffender kennen wir bereits einige wunderbare Erzählungen, Romane und Lyrik und schätzen ihre präzise und dabei poetische Sprache, den herben Unterton, die sensible Wortwahl."
Aviva

Aus der Reihe „Liebesleben“

Regina Nössler,
Dienstagsgefühle
Roman. 224 Seiten,
ISBN 978-3-88768-714-3.
Eine Frau erwacht eines Dienstagsmorgens neben ihrer langjährigen Freundin Friederike und glaubt, diese plötzlich nicht mehr zu lieben. Sie verlässt das Haus, irrt durch Berlin, Erinnerungen an vergangene Liebesgeschichten überfallen sie ... Wie beginnt Liebe? Wie hört sie auf? Ist sie wirklich zu Ende, die Liebe zu Friederike, was passiert bis Mittwoch?
„Klug und abgründig-witzig ... Lesbenleben um die 40, rasant geschrieben, unbedingt lesenswert.“ (escape) *„Ein intensiver Roman über eine Gefühlsachterbahn.“* (lescriba)

Aus der Reihe „konkursbuch“

Corinna Waffender & Regina Nössler (Hg.)
konkursbuch 46 ANGST.
256 Seiten,
ISBN 978-3-88768-246-9.
Lebendig, unterhaltsam, klug und mutig erzählen die Texte und Bilder außergewöhnliche Geschichten von einem ganz gewöhnlichen (Über-) Lebensgefühl.

Impressum

PF 1621 D-72006 Tübingen
Telefon: 0049 (0) 7071 66551
Fax: 0049 (0) 7071 63539
E-Mail: office@konkursbuch.com
Internet: www.konkursbuch.com
Gestaltung: Verlag & Freundinnen
Druck & Bindung: Drogowiec

ISBN: 978-3-88769-722-8